KAROLINA KUPKA, VIKTORIA SCHUMACHER

COFFEE UND DIE HERZSTIMME

Karolina Kupka und Viktoria Schumacher

Coffee und die Herzstimme

Roman

AAVAA
VERLAG

1. Auflage 2015

Umschlaggestaltung: AAVAA Verlag
Coverbild: Daniella Kupka-Harrison

Printed in Germany

Taschenbuch:	ISBN 978-3-8459-1719-1
Großdruck:	ISBN 978-3-8459-1720-7
eBook epub:	ISBN 978-3-8459-1721-4
eBook PDF:	ISBN 978-3-8459-1722-1
Sonderdruck	Mini-Buch ohne ISBN

AAVAA Verlag, Hohen Neuendorf, bei Berlin
www.aavaa-verlag.com

Vorwort

Man kennt die Redewendung, dieses habe man mit dem Kopf und jenes mit dem Herzen entschieden. Der Kopf entscheidet rational, aus der Vernunft, unter Einsatz des Verstandes, das Herz hingegen steht für Entscheidungen aus dem Gefühl heraus. Zwar haben wir diese Erkenntnis gewonnen, aber wahrscheinlich gibt es viele Menschen die sagen, dass alles mit dem Kopf, also mit unserem Verstand, entschieden wird. Doch haben wir alle wohl schon die Erfahrung gemacht, dass unser Verstand etwas anderes möchte, als das, was wir so manches Mal entscheiden. Da sagt man dann oft, wir haben unser Herz sprechen lassen. Wir hatten ein gutes Gefühl dabei, also ist es richtig.

Was will ich damit sagen? Dass dieses Buch, das Sie gerade lesen, nicht mit der Ratio, mit dem Verstand, geschrieben wurde, sondern mit dem Herzen.
Ein kleiner Hund namens „Coffee“ konnte sich in mein Herz schleichen und diktiert mir hier seine Geschichte. Über den Verstand hatte er auf mich keinen Zugriff, denn da wissen wir ja, dass uns ein Hund nicht ein Buch diktieren kann. Unser Herz aber lässt sich schon eher davon überzeugen, dass es Dinge zwischen Himmel und Erde gibt, die eben nicht rational

zu erklären sind, aber deswegen nicht unbedingt unwahrer sind.

Nach einer langen Reise nach Australien, wo ich eine unserer Töchter und unsere Enkelkinder besuchte, lag ich nach nur dreistündigem Schlaf wach im Bett und konnte trotz Müdigkeit nicht mehr einschlafen. Coffee lies mich nicht schlafen und erzählte mir seine ganze Geschichte. Nicht ganz wach, aber auch nicht schlafend, scheint man bereit zu sein, Dinge aufzunehmen, die man im Wachzustand nicht an sich heranlässt, weil wir sie unserem Verstand nicht zumuten können oder wollen.

Coffees Geschichte war so schön und so faszinierend, dass ich mich später, in vollem Wachzustand, entschloss, sie aufzuschreiben. Vicky, eine unserer Töchter, ist Coffees Frauchen und wir haben beschlossen, dass wir beide gemeinsam dieses Buch verfassen werden. Seitdem waren Vicky und ich immer wieder in einem unterbewussten Dialog mit Coffee und auch mit allen anderen Tieren von Vicky. Sie durften sich uns mitteilen und wir brachten alles zu Papier, was wir erfuhren.

So wird also Coffee als Hauptakteur Ihnen seine Sicht der Dinge erzählen und vielleicht sind Sie auch so begeistert davon, wie wir es sind.

Kapitel 1

Ich bin ein kleiner Hund und heiße Coffee. Meine Rasse nennt sich *Bolonka Zwetna*, was auf Deutsch so etwa „farbiger Schoßhund" heißt. Ja und das bin ich, ein kleiner Schoßhund, der es gerne hat, auf dem Schoß meiner geliebten Menschen zu sitzen und von ihnen gekrault zu werden.

Viele Menschen besitzen gerne ein Haustier. Katzen und Hunde stehen da an erster Stelle. Wir kommen sozusagen auf die Welt, um die Menschen glücklich zu machen. Das ist unsere Hauptaufgabe auf dieser

Welt. Etwas anderes verlangt man nicht von uns. Der Mensch dagegen hat eine Menge auf der Welt zu erledigen. Da ist es gut, dass wir ihnen glückliche Momente schenken können.

Die Menschen denken und glauben, dass sie auf dieser Welt die Krone der Schöpfung sind. Sie können sprechen und rational denken, können Zusammenhänge erkennen und daraus ihre Schlüsse ziehen. Das können Tiere nicht in demselben Maß. Somit sind sie im Vorteil, denn sie können sich damit schneller weiterentwickeln, was bei Tieren länger dauert.

Da stellt sich die Frage, sollten wir das auch können? Ist das wirklich wichtig? Wir Hunde zum Beispiel kommen auf die Welt und unsere Mama schleckt uns ab, bis unser Kreislauf in Schwung kommt. Dann kriechen wir, ohne dass uns jemand hilft, zu den Zitzen und trinken unsere Milch. Wir schlafen und trinken, bis wir die Augen öffnen. Sobald wir sehen können, fangen wir an, unsere Umwelt zu erkunden, jeden Tag ein bisschen mehr. Haben wir unsere Geschwister entdeckt, fangen wir an, miteinander zu spielen. Damit lernen wir, was schön ist und was uns weh tut. Mama hat ein waches Auge auf uns, damit uns keiner etwas Böses antut. Wenn wir Hunger haben, brauchen wir bloß ein bisschen zu fiepen und schon ist unsere Mama da. Das geht solange, bis wir von einem Menschen mit der Hand ein paar leckere Fleischstückchen bekommen. Dann nehmen wir mal unsere Milch von unserer Mama und mal ein paar Stückchen Fleisch von den lieben Menschen. Spielen, schlafen und fressen, dass ist unsere Tätigkeit. Da unsere Mama immer wieder zu ihren Menschen geht, sich auf ihren Schoß setzt und uns immer mehr alleine lässt, fangen auch wir an, uns für diese Menschen zu interessieren. Auch wir stellen fest, wie lieb die zu uns sind und so beginnen wir, uns von ihnen verwöhnen zu lassen. Bald kommen andere Menschen, nehmen einen von uns und schon merken wir, das wird der neue Gefährte. Wir schmiegen uns an sie und dann nehmen sie uns mit. Wir haben nun keine Geschwister mehr, die mit uns spielen, dafür aber einen lieben Menschen, für den wir oftmals das Wichtigste im Leben sind. Wir spielen mit ihnen, sie geben uns leckeres Essen. Wenn uns etwas nicht schmeckt, versuchen sie es mit etwas anderem und geben erst Ruhe, wenn wir zufrieden sind. Dann gehen sie mit uns spazieren, was wir immer ganz toll finden, denn da draußen, außerhalb von unserem Zuhause, gibt es so viel zu entdecken. Wenn man dann wieder nach Hause kommt, ist man total müde und man legt sich zum Schlafen. Ist man wieder wach, wird man wieder gefüttert und im Anschluss liebkosen sie einen. Manche dieser Menschen lassen uns in ihrem Bett schlafen, ganz nah bei ihnen, was wir glückselig hinnehmen. Ansonsten haben wir die schönsten Schlafplätze, die man sich vorstellen kann. Immer sehr kuschelig, und meistens ist auch ein kleines Spielzeug dabei für den Fall, dass falls wir aufwachen und die Menschen noch schlafen, wir damit spielen können. Aber natürlich gefällt es uns viel besser, wenn wir sie aufwecken, indem wir ihnen liebevoll das Gesicht abschlecken. Ganz wenige lassen sich das nicht gefallen und wir müssen wieder in unser Bett zurück, was wir dann gar nicht verstehen können. Aber wenn sie das glücklich macht, dann belassen wir es halt dabei.

Sind wir dann aus unserem Welpenalter heraus, fangen sie an, uns mit Leckerlis zu bestechen, wenn sie versuchen, uns etwas beizubringen. Man muss kommen, wenn sie rufen. Oder wir geben Ihnen eines unserer Pfötchen. Manchmal sollen wir uns im Kreise drehen und alles Mögliche machen, was ihnen da so einfällt. Mit Leckerlis kann man uns in der Regel immer bestechen, und dann machen wir halt das, was sie wollen, ist ja nicht weiter schlimm. Sie freuen sich dann immer so, lachen und tätscheln uns und sind ganz glücklich.

Und das ist ja unsere Aufgabe im Leben, wir sollen unsere Menschen glücklich machen. Wenn Sie immer wieder lachen und uns vor Freude an sich drücken, dann sind nicht nur sie glücklich, sondern auch wir.

Es kommt auch immer wieder vor, dass wir für ein paar Stunden alleine gelassen werden, aber das ist in der Regel auch nicht schlimm, da wir uns dann meistens schlafen legen. Wenn sie schließlich heimkommen, ist die Freude beiderseits groß und sie sind wieder glücklich.

Ich habe Dir jetzt ein wenig von mir und meinen Artgenossen erzählt. Von mir persönlich werde ich später noch oft erzählen.

Hier konntest Du sehen, wie es uns Schoßhunden so im Allgemeinen geht. Nun kommen wir zum Menschen!

Kapitel 2

Ein Menschenbaby wird geboren. Es wird erstmal die Nase frei gemacht, die Nabelschnur durchtrennt und dann wird es, wenn es Glück hat, in ein Tuch gewickelt und der Mama in den Arm gelegt. Oftmals passiert das später, denn das Gewicht und die Größe des Babys sind Manchen wichtiger als es gleich der Mama zu geben. Später versucht man, das Baby an die Brust zu legen, manchmal gelingt es gleich und das Baby trinkt etwas. Doch oftmals gelingt das nicht auf Anhieb und das Baby ärgert sich gleich nach der Geburt zum ersten Mal und es fängt an zu schreien. Nach einer Weile wird es dann in ein Hemd gezwängt, bekommt steife, harte Windeln angelegt und wird dann in einem ganz ungemütlichen, sterilen Bett platziert. Ohne die Wärme der Mama! Wenn es Hunger hat, muss es schreien, um an der Brust angelegt zu werden. Sind die Windeln nass, muss es schreien. Die Mama nimmt es immer wieder mal in den Arm, aber es muss immer wieder in dieses ungemütliche Bett zurück. So geht das eine ganze Weile. Das Baby lernt immer wieder dazu, aber es geht nie so einfach wie bei unseren Hundebabys. Alles, was es lernt, muss hart erarbeitet werden. Nichts kann es von alleine: sich umzudrehen, zu sitzen, zu laufen, alles ist harte

Arbeit! Oft ist das Baby in diesem zarten Alter schon frustriert, weil nichts so klappt, wie es sich das wünscht. Laufen zu lernen kann schon mal weh tun, wenn es unsanft hinfällt. Nach dem Laufen kommt die Sprache, denn erst dann kann es sich richtig mitteilen.

Bei uns Hunden versteht der Mensch auch, ohne dass wir sprechen, aber bei seinen eigenen Babys versuchen sie das erst gar nicht. Sie fordern das Baby ständig auf, die Dinge beim Namen zu nennen. Mama, Papa, Auto u.s.w. Nicht nur die Sprache, sondern auch das richtige Wort dabei zu nennen. Kann das Kind dann das alles, muss es in den Kindergarten, denn das Zusammenleben muss auch gelernt werden. Ein Menschenkind kommt erstmal als Egoist auf die Welt. Nichts wird geteilt, alles gehört erst einmal ihm. Was immer gerade ein anderes Kind in der Hand hat, das genau muss es haben. Spielt es dann mit diesem Gegenstand und das andere Kind nimmt etwas anderes, schon will es das auch haben.

Bei uns Hunden ist das anders, wir spielen gemeinsam mit einem Gegenstand; jeder zerrt am anderen Ende. Wenn einer es dann alleine hat, wird es uninteressant. Nur zusammen macht das Spiel spaß! Das muss das Menschenkind erst lernen. Wenn es das mal kapiert hat, macht es auch Freude, mit einem anderen

Kind zu spielen, aber wie gesagt, dass muss es erst lernen und bis dahin erlebt es viel Frustration.
Nun kommt der Ernst des Lebens, wie die Menschen so schön sagen, wenn ihre kleinen Lieblinge in die Schule kommen. Hier wird nur im ersten Jahr ein wenig Rücksicht auf das einzelne Kind genommen. Später muss es so funktionieren, wie es der Lehrer vorgibt. Lesen, Schreiben, Rechnen, so fängt es an. Beherrscht das Kind das erstmal, dann geht es richtig zur Sache. Vielleicht hat es noch ein paar schöne Stunden am Nachmittag, aber auch da sind die Eltern erfinderisch. Hobbys werden bis zur Vollendung gepflegt. Besonders die Musikstunden sind alles andere als leicht zu bewerkstelligen, aber die Eltern meinen es ja nur gut!

Die armen Kinder werden benotet und bekommen keine Leckerlis wie wir. Wenn die Noten schlecht sind, werden sie geschimpft und sie haben noch weniger Freizeit zum Spielen, da sie dann Nachhilfeunterricht bekommen.
Welche Kindheit ist schöner? Die der Menschen oder die der Hunde?
Ich habe jetzt nur mal die Kindheit der Hunde und die der Menschen verglichen. Später werden wir noch auf die Erwachsenen zu sprechen kommen. Aber nun zu mir!

Auch meine Geburt verlief so wie die meiner Gefährten, wie ich sie weiter oben beschrieben habe. Mit acht Wochen verstaute mich mein Züchter im Auto und ab ging es zum Flughafen, was ich natürlich zu diesem Zeitpunkt noch nicht wusste. Dort traf sich mein Züchter mit einer ganz netten Dame, die mich sofort in ihr Herz schloss. Mir ging es nicht anders, sie war ja so lieb zu mir. Das also war mein neues Frauchen! Nach einer Weile steckte sie mich in eine Tasche, wo ich vorne herausschauen konnte, und wir gingen los. Wir trafen eine andere Dame und ich wurde hergezeigt. Ach, was war das für ein Gepiepse, wie süß ich doch bin. Das ging noch eine ganze Zeit so und dann saßen mein Frauchen und ich in einem seltsamen Gebilde. Plötzlich machte das einen Krach, ich wurde an mein Frauchen gepresst und ab ging es mit uns. Dann wurde es ruhig und ich schlief ein. Später bin ich dann aufgewacht als es wackelte und ich wieder an mein Frauchen gepresst wurde. Nach einer ganzen Weile stand sie endlich auf und wir gingen aus diesem Ungetüm wieder heraus. Dort wurden wir vom ganzen Rest ihrer Familie begrüßt. War das eine Freude!

Zu Hause angekommen, wurde ich einem Hund namens Nelly vorgestellt. Außerdem sah ich auch noch zwei mir vollkommen unbekannte Tiere. Die haben mich aber links liegen lassen. Später erfuhr ich, dass das zwei Katzen waren, die aber nichts mit mir zu tun haben wollten. Ich durfte dann mit der ganzen Familie gemeinsam ins Bett gehen, ich natürlich in der Mitte. Was war das für ein schönes Gefühl, mir vollkommen neu, aber trotzdem schön. So fehlte mir mein altes zu Hause gar nicht.

Wenn ich in den nächsten Tagen mal ein wenig Heimweh hatte, bin ich zu Nelly, habe mich bei ihr eingekuschelt und schon fühlte ich mich wieder wohl. Julia, die jüngere Tochter, hat man mir als meine neue Besitzerin vorgestellt. Wir beide sind ein ganz tolles Team geworden. Was hat sie mir alles beigebracht, und das immer mit guten Leckerlis, da gefällt einem das ganz besonders.

Vor allem sind sie alle in meiner Nähe immer sehr glücklich. Was wird da gelacht und geschmust. Oma und Opa sind dann auch gekommen und haben auch immer gelacht. Einmal bin ich mit Oma und Opa alleine zu Hause gewesen. Da hat die Oma fast der Schlag getroffen, weil sie mich nicht mehr finden konnte. Auf meinen Namen habe ich zu dieser Zeit noch nicht gehört und ich war so klein, dass sie mich hinter einem größeren Stein nicht gleich sah. Was war das wieder für eine Freude, als sie mich fand!

Nach ein paar Tagen nahmen sie mich im Auto mit und als wir ausstiegen, sah ich etwas, was mir doch ein wenig Respekt einflößte. Als ihre Pferde wurden sie mir vorgestellt. Coco und Carino! Die beschnüffelten mich mit ihren Nasen, die doch glatt größer waren wie ich als ganzer Hund.

Was hatte ich doch für eine schöne Kindheit!

Kapitel 3

Im Sommer sind wir mit dem Auto eine ganz lange Zeit gefahren. Drei Katzen, die Nelly und ich waren mit Julia und Frauchen im Auto. Als wir ankamen, haben wir wieder Oma und Opa getroffen. Wir sind dann alle zu einem wunderschönen großen Hof gekommen, wo wir ganz viel Platz hatten. Die Spaziergänge in den Wald, der dort angrenzte, waren herrlich. Wir haben ganz viele neue Nachbarn kennengelernt, die mich alle sofort in ihr Herz schlossen. Auch einen jungen Hund hatten sie, mit dem ich öfter spielen durfte, aber der war viel größer als ich und hat mich manchmal fast erdrückt. Das hat er nicht mit Absicht getan, aber ich war halt viel zu klein für ihn.

Einmal sind Oma und mein Frauchen zu meinem Züchter gefahren. Frauchen dachte, es wäre vielleicht schön für mich, wenn ich meine Mama wiedersehen würde. Die Züchter haben mich aber gar nicht ins Haus gelassen, weil sie meinten, dass das nicht gut wäre. So bin ich mit Oma spazieren gegangen, und als wir wieder kamen, hatte Frauchen einen kleinen Welpen in der Hand und den haben wir mitgenommen. Es war ein kleines Mädchen namens Flora. Sie wurde meine Spielgefährtin und später meine Frau.

Inzwischen habe ich ganz viel erlebt. Einiges davon werde ich im Verlauf des Buches auch noch erzählen. Ich will aber nicht nur von mir erzählen, sondern auch von vielen anderen Tieren, die ich bisher in meinem Leben kennengelernt habe.
Ich habe ja schon erzählt, dass wir Hunde und auch Katzen in Eurem Leben dazu da sind, um den Menschen ein bisschen Glück und Freude zu bringen. Andere Tiere haben ganz unterschiedliche Berufungen und sei es nur, das Gleichgewicht auf unserer Erde zu erhalten. Manche Tiere sind sich ihrer Aufgabe nicht bewusst, andere aber schon.

Jetzt wirst Du vielleicht fragen, wieso oder woher wir das wissen? Das kommt daher, weil ihr Menschen denkt, als die Krone der Schöpfung seid nur ihr in der Lage, zu wissen, worum es im Leben geht. Aber leider muss ich sagen, dass der Mensch zwar in der Lage ist, zu hinterfragen, aber die Antworten oftmals nicht richtig sind. Wir Tiere wissen es einfach, wir müssen das nicht mehr lernen.

Der Mensch ist auf diese Welt gekommen um zu lernen. Vom ersten Tag seines Lebens an muss er lernen und er sollte dies bis zu seinem Tode tun. Das ist seine Aufgabe im Leben! Man kann jetzt sagen, jawohl das machen sie. Durch das Lernen sind sie heute so fortschrittlich, verstehen und können immer mehr. Sie lernen immer noch dazu. Der Fortschritt vom Neandertaler bis zum heutigen Menschen ist enorm. Daran erkennt man, was die Fähigkeit des Lernens bewerkstelligen kann.

Das ist aber nur die eine Seite der Medaille, es gibt da noch die andere Seite. Auch da ist lernen die Hauptbedingung. Doch da hapert es ganz gewaltig! Viele Menschen hören in erster Linie auf die Stimme des Verstandes, der dazu da ist, das zu lernen, um etwas aufzubauen, zu erwirtschaften und zu erfinden. Der Stimme des Herzens folgen sie meist nur, wenn sie sich verlieben. Aber sogar da versuchen sie manchmal, die Stimme der „Vernunft“ mit einzubeziehen. Doch dadurch, das der Mensch einen Verstand hat, hinterfragt dieser Verstand auch, warum sie auf dieser Welt sind und was für einen Grund das Ganze haben soll. Dafür haben sie sich Religionen geschaffen. Jeder folgt dem, was ihm logisch erscheint und was ihm am besten gefällt. Der Lern-faktor ist auf diesem Gebiet nicht so wichtig. Man nimmt vieles so hin, wie es schon vor Tausenden von Jahren gelehrt wurde. Das liegt daran, dass die Stimme des Kopfes, das, was ihr Gehirn ihnen suggeriert, die Oberhand bekommen hat. Mit dem Lernen über den menschlichen Körper hat sich der Mensch nur auf das beschränkt, was er sehen kann. Nur die Sinne, die er kennt, spielen für ihn eine Rolle und damit hat er sich eingeengt. Damit fehlt ihm ein Teil des Lernens. Es gibt natürlich immer wieder Menschen, die sich der Herzstimme, und nicht nur der Kopfstimme, bewusst sind. Leider werden diese Menschen von den wissenschaftlich (kopfstimmlich) denkenden Menschen nicht ernst genommen.

In der Philosophie kennt man den Dualismus. Dann müsste man aber auch erkennen, dass zur Kopfstimme ein Gegenpol gehört! Dieser ist die Herzstimme, also die Gegenstimme der Kopfstimme. Diese Herzstimme wird auf dieser Erde vollkommen vernachlässigt. Somit wird vieles übersehen und nicht wahrgenommen. Auf dieser Ebene lernt der Mensch schon seit Tausenden von Jahren nicht mehr dazu. Nur so kann man es sich erklären, dass sich Menschen in Kriegen gegenseitig umbringen, dass sie brutal mit ihren Mitmenschen und mit uns Tieren umgehen. Würden sie ihrer Herzstimme folgen, wären sie dazu nicht mehr in der Lage. Solange sie sich mit ihr nicht auseinandersetzen und daraus lernen, wird es diese Grausamkeiten weiterhin geben.

Die Tiere sind sich dessen bewusst, ob Du das nun glaubst oder nicht. Wir Tiere auf dieser Erde sind auf einer höheren geistigen Ebene wie der Mensch. Viele Menschen glauben, sie hätten eine Seele, die die Tiere nicht besäßen. Da liegen sie vollkommen falsch! Unsere Seelen sind fortgeschrittener als die der Menschen.

Der Mensch muss noch lernen, dazu ist er auf die Welt gekommen. Wir Tiere brauchen das nicht mehr, wir müssen nicht sprechen können, nicht schreiben und rechnen und alles das, was ihr Menschen noch benötigt, um dort hin zu kommen, wo wir bereits sind. Wir benötigen keine Stimme zum Sprechen, wir erkennen alles ohne Stimme. Wir beobachten Euch Menschen und erkennen, was Ihr von uns wollt. Wir können Eure Stimmungen erfassen, ob Ihr nun traurig seid oder glücklich. Man kann uns nichts vorspielen; ob Menschen uns mögen oder nicht, sehen wir sofort.
Ich kann das zwar ganz gut bei Menschen, aber bei unseren Katzen hapert es da bei mir auch manchmal. Besonders als ich noch ein Baby war, konnte ich gar nicht verstehen, warum mich die so ignorierten. Bin ich doch, als ich mit meinem Frauchen nach Hause kam, ganz freundlich auf den Kater Amadeus zugegangen. Das hättest Du mal sehen sollen, wie der mich angefaucht hat. Ich habe gleich gemerkt: dem hat es nicht gepasst, dass ich auch in seine Familie gekommen bin. Das habe ich durchaus verstanden und bin weitergezogen zum Kater Garfield. Der schaute mich etwas skeptisch an, hat mich aber nicht angefaucht. Gegangen ist er aber trotzdem.

Nelly dagegen war von Anfang an ein Schatz. Sie hat gleich gesehen, dass ich noch so klein und jung bin.

Na, war das ein Glück, so konnte ich mich an sie schmiegen, und das tat richtig gut.

Meine Mama hat mir schon ein bisschen gefehlt, aber die hat mich schon zu Hause nicht mehr so oft an sich herangelassen. Jetzt weiß ich warum: Sie wollte es mir erleichtern, wenn ich zu meinen Menschen komme. So war es dann ja auch, das Bett, in dem ich mit Ihnen schlafen durfte, hatte mich schnell davon überzeugt.
Ich war schon einige Zeit bei meiner Familie, da klingelte es und kurze Zeit später kam Julia mit einem kleinen Knäuel in der Hand wieder rein. Es war ein kleines Kätzchen, noch viel kleiner als ich. Ach, was war die süß, ich bin ganz aufgeregt um sie herumspaziert. Erst hat sie mich ein bisschen angefaucht, reiner Reflex natürlich, und dann wurden wir gute Freunde. Sie gaben ihr den Namen Rosalie.

Garfield schaut mich auch immer an, aber ich glaube, er traut dem Frieden nicht. Schließlich bin ich ja noch ein Welpe und ziemlich tollpatschig. Amadeus dagegen ignoriert mich komplett. Wenn ich auf ihn zugehe, werde ich nach wie vor angefaucht, also lasse ich es und ignoriere ihn eben auch. Jeder wie er es haben will. Es sind ja hier genug, die sich um mich kümmern.

Es gehören aber noch zwei weitere Menschen zu unserer Familie: Holger, Vickys Mann, und mein Herrchen, und Daniella, die ältere Tochter von meinem Frauchen. Auch sie sind lieb zu mir, füttern mich und spielen mit mir. Manchmal weiß ich gar nicht, wo ich hingehen soll. Sie schauen mich alle so lieb an und rufen immer Coffee, Coffeelein, komm zu mir. Man möchte ja keinem das Gefühl geben, man hätte ihn nicht auch lieb.

So verbringe ich also meine Tage mit Spielen und Schlafen. Fressen tue ich auch ab und zu, aber das finde ich nicht so wichtig. Ich habe immer das Gefühl, ich könnte in dieser Zeit etwas verpassen und nehme mir daher immer ein Stück in mein Maul und renne von der Küche ins Wohnzimmer, wo ich es dann verputze. Dann renne ich wieder in die Küche zurück und nehme mir ein weiteres Stück und laufe wieder zurück ins Wohnzimmer. Da das dann ein wenig anstrengend wird, lasse ich das mit dem Fressen, bringe es also schnell zu Ende. Mein Frauchen ist darüber nicht ganz glücklich, denn sie denkt, ich könnte zu wenig fressen. Aber wie gesagt, das Fressen ist mir nicht so wichtig, ich verhungere schon nicht.

Zum Spielen habe ich die ganze Menschenfamilie. Sie spielen abwechselnd mit mir und es ist immer wieder eine Freude für mich. Ich kann gar nicht genug davon

bekommen und nach dem Spielen schlafe ich immer schnell ein. Wie gesagt, mit den Menschen ist es ganz schön zu spielen, aber mit anderen Tieren wäre es manchmal noch schöner. Aber weder Nelly - für sie habe ich ja Verständnis, denn sie ist ja schon eine Oma - noch die Katzen wollen mit mir spielen. Da kannst Du Dir vorstellen, wie ich mich gefreut habe, als wir Flora bekamen.
Wir sind ja vom Alter her nicht so weit auseinander, höchstens ein halbes Jahr, und da macht uns das Spielen noch großen Spaß. Als Flora zu uns kam, war sie mit ihren acht Wochen schon fast so groß wie ich und bald hatte sie mich in der Größe überholt. Vielleicht liegt das tatsächlich am futtern, denn die kann fressen, sag' ich Dir, da bleibt mir gleich die Spucke weg. Was die an dem Futter so gut findet? Das macht man doch bloß, um nicht zu verhungern, aber die braucht eine ganze Menge, um nicht zu verhungern!

Auf jeden Fall habe ich jetzt eine Gefährtin, die mit mir das spielt, was wir Hunde so mögen. Die Menschen sind ja ganz nett, aber wenn es ums Spielen geht, da wollen wir toben und schauen, wer stärker ist, beziehungsweise wer die Oberhand gewinnt. Ich hab' da oft das Nachsehen, weil ich doch kleiner und auch etwas schwächer bin als Flora. Aber so viel fressen werde ich trotzdem nicht. Von der Fitness her gesehen bin ich dafür wesentlich stärker. Das Rennen macht mir gar nichts aus. Da ist es wieder gut, nicht so viel Gewicht mit sich herumzuschleppen. Wenn Flora müde ist, geht sie zu Frauchen, stellt sich hin und will getragen werden. So weit kann mein Frauchen gar nicht spazieren gehen, dass ich müde sein würde und getragen werden wollte. Wobei ich schon auch öfter getragen werde, einfach weil ich so süß bin. Da knuddeln sie mich dann immer.

Wenn wir frische Luft schnappen, treffen wir auch andere Hunde. Die stehen am Zaun und bellen wie verrückt und natürlich bellen wir zurück. Es ist immer ganz toll und ganz aufregend! Wir leben ja im Moment in Neapel und da laufen viele Hunde ganz alleine herum, ohne ein Frauchen. Ich habe aber mitbekommen, dass die, die ich gesehen habe, fast noch mehr Glück haben, als die, die eingefangen werden. Aber darüber wird Euch mein Frauchen später noch ausführlich berichten. Wenigstens können die Streuner machen was sie wollen, sind jedoch immer auf der Suche nach etwas zum Fressen. In unserer Gegend gibt es einige Menschen, die ihnen Futter geben, so dass sie nur die Geborgenheit vermissen, wie wir sie haben.

Wir Hunde sind doch eigentlich auf der Welt, um Menschen glücklich zu machen. Warum sind diese Kollegen dann ohne einen Menschen hier? Wieso laufen die herum und haben kein Zuhause? Einer dieser Streunerhunde hat mir dann erklärt, warum das so ist. Es gibt Menschen, denen sind ihre Hunde zu viel geworden und sie haben sie einfach irgendwo ausgesetzt. Die Hunde haben sich dann zusammengetan, denn wer möchte schon alleine leben und da haben sie dann Welpen bekommen. Das geht nun schon seit Ewigkeiten so und sie sind immer mehr geworden. Manche Menschen haben mit ihnen Mitleid und nehmen sie mit nach Hause, aber es gibt so viele, dass es kein Ende nimmt. Sie sind zwischenzeitlich nicht mehr so an Menschen gewöhnt und leben ihr Leben.

Kapitel 4

Wir Tiere wissen ja, dass das Leben auf der Erde nur vorübergehend ist, wir haben keine Angst vor dem Sterben. Unsere Seelen existieren genau so weiter wie die der Menschen. Wir Hunde und auch die Katzen kommen aber eigentlich nur auf die Welt, wie ich schon sagte, um den Menschen glücklich zu machen. Da gibt es aber Menschen, die das so nicht sehen und die ihre Hunde und Katzen einfach aussetzten. Da ist der Mensch wieder nur mit seiner Kopfstimme beschäftigt, mit der Herzstimme würde das nicht passieren. Die Kopfstimme hat kein Gefühl für diese armen Hunde, die doch nur kamen, um sie glücklich zu machen. Da wäre es besser gewesen, sie einschläfern zu lassen, denn dann wären sie wieder im Hundehimmel. Natürlich kann man auch ohne Menschen auf der Erde leben, aber das ist doch nicht unsere Bestimmung. Wenn man so etwas mitbekommt, wünscht man sich von Herzen, dass die Menschen endlich mal auf ihre Herzstimme hörten. Gott sei Dank gibt es doch schon viele Menschen, die sich darüber im Klaren sind.

Den Katzen hier in Neapel geht es nicht viel besser. Die haben es etwas leichter, weil viele Menschen, die auf ihre Herzstimme hören, ihnen etwas zu fressen geben. Mein Frauchen hat auch mindestens vier weitere Katzen, denen sie draußen auf der Terrasse zu fressen gibt.

Aber wenn wir schon bei den Katzen sind: über die gibt es ja auch eine Menge zu schreiben. Geht es uns Hunden schon nicht schlecht, wenn wir ein Herrchen oder Frauchen haben, die Katzen aber stehen eindeutig über uns. Das Eigenartige dabei ist, dass Frauchen und Herrchen sich von ihnen gefallen lassen, was sie uns Hunden noch lange nicht durchgehen lassen. Katzen können auch leichter alleine leben wenn es sein muss. Gehören sie jedoch in einen Haushalt, freuen sie sich schon, wenn sie Menschen um sich herum haben. Was aber nicht heißt, dass sie das machen, was man von ihnen verlangt. Die haben eindeutig ihre eigene Strategie, die bei den unterschiedlichen Katzen genauso verschieden ist. Seit ich in meiner Familie bin, kann ich das genau mitverfolgen. Wir haben Katzen im Haus, die zur Familie gehören und wir haben Katzen draußen auf der Terrasse, die man Streuner nennt und die frei herum laufen. Natürlich suchen auch die ein Zuhause und hier ist es ja zweien gelungen. Rosalie war die erste! Julia brachte sie ins Haus, da sie als kleines Baby mutterseelenallein auf der Straße herum lief. Sie hätte da wohl nicht überlebt, wenn Julia sie nicht nach Hause gebracht hätte. Sie war ja auch wirk-

lich ein kleines süßes Ding, dem man nicht widerstehen konnte. Aber je älter sie wurde, um so mehr hat sie gemacht was sie wollte. Manchmal folgte sie, manchmal nicht.
Das ist bei mir natürlich auch mal, dass ich nicht gleich folge, aber bei mir gibt man in der Regel nicht nach. Die Menschen schreien solange, bis ich halt dann doch gehorche. Ganz selten kommt es vor, dass ich auch mal ausprobiere nicht zu kommen, und was machen sie da? Sie kommen und heben mich hoch und schon bin ich weg von da, wo ich eigentlich gerne sein wollte. Hier muss ich erwähnen, dass mir das eigentlich nichts ausmacht. Aber machen die Katzen das, interessiert das keinen in der Familie. Das sind halt Katzen und die dürfen das. Die sind auch sehr verwöhnt mit ihrem Futter, mal fressen sie es, mal wollen sie etwas anderes. Die miauen so lange, bis Frauchen ihnen etwas anderes gibt. Wenn sie wollen, legen sie sich auf den Schoß eines Familienmitglieds. Sie sind da nicht so wählerisch, bei wem sie sich hinlegen, Hauptsache es ist bequem.

Wobei ich da schon wieder einfügen muss, dass da auch nicht alle gleich sind. Unsere vier Katzen haben alle unterschiedliche Charaktere und sie leben ihren Charakter aus, das kannst Du mir glauben. Wir Hunde lassen uns da schon eher etwas verbiegen, nicht aber die Katzen. Die wissen genau, wie sie mit den

Menschen, aber auch mit uns Hunden umgehen müssen. Mal sind sie großzügig und ich darf mit ihnen spielen, genau genommen nur mit Rosalie. Aber wenn sie nicht mag, dann mag sie nicht, was immer auch ich anstelle. Amadeus schaut mich gelangweilt an, wenn ich versuche ihn aufzufordern. Wenn ich ihm dann zu nahe komme, wird kurz gefaucht. Dann weiß ich Bescheid und ziehe wieder ab, es gibt ja noch andere, die es mehr schätzen, wenn ich mit ihnen spiele.

Garfield ist ein wunderschöner Kater, aber der ist die meiste Zeit draußen unterwegs. Kommt er nach Hause, dann wird der Teller leer gemacht, der bereits auf ihn wartet. Ist das nicht der Fall, miaut er so lange, bis das auf dem Teller ist, was er möchte. Ist er fertig mit Fressen, geht er schlafen. Danach holt er sich seine Streicheleinheiten bei einem seiner Familienmitglieder ab. Wenn sie Glück haben, schnurrt er dann, denn das macht wiederum sie glücklich.
So in etwa verläuft der Alltag unserer Katzen. Die haben es auf dieser Erde gleich noch schöner als wir Schoßhunde. Keine Gegenleistung, wenn sie nicht mögen. Sei mal ehrlich, so schön habt Ihr Menschen es nicht. Was müsst Ihr alles machen, um ein schönes Zuhause und ein gutes Essen zu haben und dann auch noch jemanden, der Euch bedingungslos liebt, wenn Ihr ein bisschen schnurrt! Denkst Du immer noch, dass Ihr die Krone der Schöpfung seid?

Kapitel 5

Wir Schoßhunde erwarten schon ein bisschen mehr von unserer Familie. Wir fühlen uns mehr zugehörig, das heißt wir wollen an ihren Leben teilhaben. Dazu gehört, dass uns Frauchen und Herrchen mitnehmen, wenn sie das Haus verlassen. Ein paar Stunden alleine gelassen, das lassen wir uns schon eingehen. Aber ansonsten wollen wir schon dabei sein, was immer sie da machen. Spazierengehen ist eine unserer Lieblingsbeschäftigungen, aber ob sie uns zum Einkaufen mitnehmen oder wie es bei uns der Fall ist, zum Stall fahren, ist egal, alles ist schön, wenn wir dabei sind.

Der Stall ist ein Reitstall mit vielen Pferden. Eine Menge Hunde laufen da auch noch herum. Zu zwei dieser Pferde gehen Julia und Frauchen immer hin. Sie gehören auch zu unserer Familie, wurde mir gesagt. Das finde ich ein wenig komisch, denn sie leben ja nicht bei uns. Aber wenn sie das sagen, wird es schon stimmen. Sie sind nicht ganz so groß wie die anderen Pferde, die nebenan in solchen komischen Boxen stehen. Es sind Ponys und sie heißen Coco und Carino und sie sind die einzigen, die eine größere Box haben und zusammen dort drin stehen. Weil ich heute schon ein wenig größer bin als das erste Mal, als sie mich mitnahmen, darf ich dort ein wenig herumrennen, aber immer an der Leine, da das Frauchen Angst hat, dass ich unter die Hufe kommen könnte, was bedeuten würde, dass es mich dann nicht mehr gibt. Das kann ich aus ihrer Sicht schon verstehen, dazu haben sie mich ja auch viel zu lieb! Aber denken die wirklich, ich bin so doof und passe auf diese riesigen Hufe nicht selber auf? Naja, vielleicht lernen sie das ja noch, dass ich da schon auch selber darauf achte.

Immer wenn wir dann in den Stall kommen, werden Coco und Carino erst mal geputzt und im Anschluss bekommen sie etwas ganz Komisches auf ihren Rücken. Daniella hat mich da in ihren Arm genommen und ich glaubte, meinen Augen nicht zu trauen, da setzte sich Frauchen auf Coco und Julia auf Carino und dann gingen sie los. Tja, wofür soll das jetzt gut sein? Auf einem großen Platz sind sie dann immer im Kreis geritten. Erst habe ich sie noch beobachtet, aber mit der Zeit wurde mir langweilig, immer diese gleichen Runden. Daniella ging es, glaube ich, nicht anders und so sind wir dann spazieren gegangen und sie hat mir den ganzen Reitstall gezeigt. Seltsam, diese Tiere stehen da mutterseelenallein in diesen Boxen. Da muss ich mal, wenn ich Coco und Carino besser kenne, mit ihnen in Verbindung gehen, damit ich erfahre, wozu das gut sein soll! Scheinbar sind sie auch auf dieser Welt, um den Menschen glücklich zu machen.

Aber muss man sich auf sie setzen, um glücklich zu sein?
Ich weiß ja noch, dass es die Ebene gibt, von der aus ich auf die Erde kam. Dort kennt man auch alle Tiere, die auf der Erde leben, aber so im Einzelnen habe ich sie, seit ich hier lebe, vergessen. So ist es für mich natürlich auch neu, sie von Angesicht zu Angesicht zu sehen. Wir haben das Glück, zu wissen, wo wir herkommen und wo wir wieder hingehen, diese Möglichkeit gab man dem Menschen nicht. Er ist ja hier zum Lernen und wenn er wüsste, was wir wissen, würde er gleich wieder zurück wollen und hätte nichts gelernt. Aber da kommen wir später noch ganz ausführlich drauf.

Garfield, unsere schönste Katze, und ich muss auch sagen, ein ganz lieber Kerl, hat mich scheinbar in sein Herz geschlossen. Es hat ein wenig gedauert, denn er musste sich ja auch erst an mich gewöhnen. Ich darf an seiner Seite schlafen. Manchmal putzt er mich auch ein wenig. Wir zwei stehen gemeinsam an meinem Napf und er frisst mein Fressen mit auf. Macht mir ja nichts aus, denn das Futtern ist nach wie vor nicht meine oberste Priorität.

Nelly, Garfield und Amadeus waren die ersten Tiere in unserer Familie. Sie sind schon eine Menge herumgekommen, da unser Herrchen immer wieder versetzt wird. Da er ja unser Brotverdiener ist, nahm ihm das keiner übel, denn schließlich können wir alle nur so gut leben, weil wir ihn haben. Nelly kam schon sehr früh in unsere Familie und hatte keine Probleme, als Garfield und Amadeus als kleine Babys dazu kamen. Amadeus liebt heute noch seine Nelly über alles und streicht ständig um ihre Nase herum. Wenn es ihr dann zu viel wird, steht sie auf und legt sich woanders hin. Kein einziger Knurrer ist von ihr zu hören. Jeder von uns darf mit an ihren Napf und mit ihr zusammen fressen.

Nach den Dreien kam ich und kurze Zeit später Rosalie. Als wir in Deutschland auf unserem Hof waren, holten wir Flora ab. Coco und Carino waren auch schon vor mir da, aber die sind ja nicht in unserem Haushalt und können somit nicht mit uns zusammen im Schlafzimmer schlafen. Es würde wohl auch ein bisschen eng werden mit den Zweien! Zum Schluss kam noch Balu dazu. Vicky, unser Frauchen, fand ihn draußen in der Kälte, während wir unsere Abendtoilette erledigen sollten, total erschöpft auf einem Holzstapel. Er konnte gar nicht mehr sein Köpfchen heben. Was für ein Glück, dass Vicky noch mit uns raus ging, um Holz zu holen. Sonst hätte sie das kleine Bündelchen gar nicht gesehen. Als sie das kleine schwarze Baby sah, erinnerte sie sich, dass vor ein paar Tagen eine schwarze Katze totgefahren auf der Straße lag. Es muss wohl seine Mutter gewesen sein. Dieses kleine Baby hat es irgendwie geschafft, sich bis zu diesem Stapel Holz zu schleppen. Am nächsten Morgen wäre es tot gewesen. Vicky legte es auf ein Heizkissen und flößte ihm ein bisschen Milch ein und siehe da, am nächsten Morgen konnte es das Köpfchen schon wieder etwas heben. Heute ist er ein ganz schöner Brocken, größer als ich. Ich muss mich damit abfinden, dass ich der Kleinste in der Familie bin.

Garfield war immer schon von allen Katzen die gewesen, die große Touren besonders in der Nacht liebte. Eines Tages kam er nicht mehr nach Hause und als Vicky Daniella von der Schule abholte, fanden sie ihn. In Tränen aufgelöst stiegen sie aus dem Auto und hatten Garfield - in einer Decke eingewickelt - im Arm, als sie Zuhause ankamen. Jeder von uns begriff, dass das nichts Gutes heißen konnte. Wir standen alle da und sie legten ihn auf den Boden, er war tot. Jeder von uns ging hin, beschnupperte ihn und wir wussten, was es bedeutete: Garfield ist in den Tierhimmel zurückgekehrt. Er hatte vier Jahre auf dieser Erde verbracht, hatte seine Menschen glücklich gemacht und sein Leben genossen. Das wiederum war für die Familie ein Trost, denn es war allen klar, dass er dieses Leben so leben wollte. Nicht eingeengt ging er seinem Leben nach. Er bekam ein schönes Grab im Garten und noch heute blüht ein Rosenstrauch darauf. Julia brauchte lange, bis sie über seinen Tod hinwegkam. Sie ist ja auch noch ein Kind und kann nicht verstehen, warum die Welt so grausam sein kann. Aber sie begreift langsam schon in jungen Jahren, dass das zur menschlichen Entwicklung gehört. Menschen trauern noch, wir brauchen das nicht mehr, wir wissen, wo er sich befindet und können ihn auf einer anderen Ebene fühlen. Das müssen die Menschen erst noch lernen, indem sie ihre Kopfstimme in den Hintergrund führen und die Herzstimme in den Vordergrund.

Im Sommer fuhren wir wieder zu unserem Hof nach Deutschland; dieses Mal waren auch die Pferde dabei. Dafür hatte sich unsere Menschenfamilie darauf geeinigt, Rosalie und Balu zu Hause in Neapel zu lassen. Eine Freundin kam und fütterte sie und die Streunerkatzen. Holger konnte auch nicht die ganze Zeit in Deutschland sein und so waren sie nicht immer alleine. Die zwei waren bei der letzten Reise eine fürchterliche Qual für Vicky, denn sie haben grauenhaft gejault. Amadeus und Garfield dagegen waren die Reiseprofis schlechthin. Balu und Rosalie hatten sich zwischenzeitlich mit den Streunerkatzen angefreundet und verbrachten viel Zeit mit ihnen. Daher dachte Vicky, dass es für sie nicht schlimm sein würde, wenn sie zuhause blieben. Doch Holger erzählte, dass wenn er Heim kam, Balu ihn nicht mehr aus den Augen lies. Wo immer er hinging, Balu verfolgte ihn, und kaum saß er, war Balu auf seinem Schoß. Rosalie dagegen hatte keine Probleme, sie war immer mit den Streunern zusammen. Als Vicky das hörte, ist es ihr schon schwer gefallen und sie bedauerte es, sie nicht mitgenommen zu haben. Noch einmal würde ihr das nicht passieren, meinte sie. Beim nächsten Mal nimmt sie wieder alle mit.

Da dieses Mal die Pferde dabei waren und dadurch die Reise noch länger dauerte, haben sie nach der halben Strecke angehalten und dort übernachtet. Mit uns allen versteht sich. Zwei Pferde, sieben Hunde und eine Katze. Jetzt wirst Du sagen, oh, die hat sich jetzt verschrieben! Nein, das hat sie nicht! Ich bin nämlich in der Zwischenzeit Papa geworden. Das ist eine Geschichte, da fang' ich mal ganz am Anfang an.

Kapitel 6

Flora wurde läufig. Vicky hatte keine große Ahnung davon, da sie Nelly gleich nach der ersten Läufigkeit sterilisiert hatte. Sie wollte zwar schon mit uns Beiden züchten, aber nicht ganz so früh. Ich hatte auch keine Ahnung was da vor sich geht und Flora auch nicht. Erstmal waren wir ganz brav, was Vicky wohlwollend zur Kenntnis nahm. Doch wie das so ist, waren wir sehr neugierig auf einander. Ganz anders wie sonst. Wir kuschelten und sprangen aufeinander, sie roch ganz bezaubernd und das betörte mich. Dann geschah etwas, was ich mir selbst nicht erklären konnte. Wir Beide waren nach meiner Befreiung ganz bedröppelt und wir waren uns selbst nicht im Klaren, was das alles bedeutete. Flora und ich fühlten uns noch enger verbunden als bisher. Ich glaube, sie wurde in dem Moment meine Frau! Wir waren zwar zu diesem Zeitpunkt noch sehr jung, aber wie sagen die Menschen so schön: früh übt sich, wer ein Meister werden will.

Flora und ich waren immer heimlich zusammen, weshalb Vicky nicht wusste, ob Flora jetzt schwanger war. Nach fünf Wochen ging sie mit Flora zum Arzt um zu schauen, ob sie tragend war, denn sie wurde immer dicker. Da ihr aber das Essen so schmeckte, konnte das ja auch daran liegen. Der Arzt betastete sie nur kurz und konnte keine Schwangerschaft feststellen. Er meinte, sie würde zu viel fressen. Vier Wochen später kamen uns Oma und Opa wieder besuchen und Oma und Vicky meinten, Flora müsse schwanger sein, was wohl an ihrem Benehmen lag. Sie war sehr anhänglich, ab und zu auch etwas faul. Auf das Sofa, zum Beispiel, wollte sie nur noch gehoben werden. Doch dann wieder war Flora trotz ihres Gewichts so fit, dass sie beim Spazierengehen wie eine Wilde hinter mir her lief. Das machte Frauchen und Oma wieder unsicher. Deshalb beschlossen sie, gleich einen Tag nach Oma und Opas Ankunft nochmals mit Flora zum Arzt zu gehen. Wir fuhren also am nächsten Tag hin, der Arzt nahm Flora in die Hand, drückte sie gleich wieder Vicky in die Hand und sagte: „Gratulation, sie ist schwanger“. Nun fingen wir das Rechnen an und sie meinten, in der kommenden Woche müssten die Babys kommen. Jetzt waren alle ganz aufgeregt.

Tja, aber wir Hunde wissen eben auch zu überraschen, was ja auch - um Euch Menschen glücklich zu machen - dazu gehört. In der gleichen Nacht war es dann schon so weit, die Wehen setzten ein. Oma musste wach gemacht werden, aber die hatte einen tiefen Schlaf. Vicky wollte nicht, dass der Opa aufwacht und war deswegen sehr vorsichtig, deshalb gelang es ihr nicht, Oma wach zu bekommen. Erst Daniella, die keine Rücksicht auf Opa nahm, schaffte es, Oma wach zu kriegen. Oma musste unbedingt dabei sein, denn sie hatte vor vierzig Jahren die Geburt eines Hundes zum Teil miterlebt. Diese Erfahrung wäre notwendig, meinten sie. Doch wir Hunde stellen uns ja nicht so an, wie das bei den Menschen üblich ist, die brauchen ja eine Hebamme. Obwohl ich sagen muss, ich war schon sehr aufgeregt und wußte so gar nicht, was ich dabei machen sollte. Plötzlich war das erste Baby da und Daniella half, die Fruchtblase zu öffnen. Alles weitere hat Flora selbst gemacht und von nun an ging es auch so weiter. Vier kleine Welpen lagen da und säugten sofort los. Ich durfte sie auch beschnuppern und war ganz hin und weg von diesen kleinen Knäueln. Richtig stolz war ich. Umso erschrockener war ich, als mich schon kurze Zeit später Flora erstmal nicht mehr an meine Kinder ran lies. Sie hatte wohl Angst, ich könnte ihnen etwas antun. Aber so sind halt die Mütter, sie meinen es ja nur gut. Das dauerte aber zum Glück nur ein paar Tage. Wenn Flora mal kurz die Welpen aus den Augen lies - auch sie musste ja mal auf die Toilette - ging ich immer wieder vorsichtig zu den Kleinen und beschnüffelte sie. Dabei erwischte Flora mich dann auch ab und zu und mit der Zeit bemerkte sie dann doch, dass sie vielleicht etwas übervorsichtig ist. Außerdem wurden die Kleinen ja auch älter und Flora war nicht mehr ganz so beschützerisch mit ihnen. Als sie dann etwa vier Wochen alt waren, war es mir erlaubt, mit ihnen zu spielen.

Jetzt waren meine Kinder sieben Wochen alt und wir saßen alle im Auto, und im Anhänger waren die Pferde. Bei unserem Stop hättet Ihr mal sehen sollen, wie das ausschaute, als wir da alle aus dem Auto kamen. Amadeus und ich hatten uns während der Fahrt die meiste Zeit ganz hinten bei Nelly aufgehalten, da war es am ruhigsten. Amadeus hatte auch gar keine Lust in unserem Zimmer zu bleiben und Vicky lies ihn dann nach einer Weile raus, denn das Miauen ging uns allen mächtig auf die Nerven. So sind sie halt, die Katzen, geben nicht nach, bis sie ihren Willen haben. Am Morgen saß Amadeus dann vor der Tür und ging ohne Probleme in das Auto.

Auf der zweiten Etappe schlief er wieder hinten bei Nelly, wohin ich mich auch immer wieder zurückzog. Die Pferde hatten einen Stall mit viel Heu, das aber so alt und staubig war, dass sie es vor dem Verzehr immer erst ins Wasser tauchten. Fand ich eigentlich ganz clever von den beiden Burschen. Im Anhänger hat man von denen gar nichts mitbekommen. Nur wenn wir Pause machten, haben sie immer frisches Wasser bekommen. Jedenfalls waren wir alle froh, als wir endlich auf unserem Hof ankamen. Dort leben ja auch Oma und Opa, und die empfingen uns alle herzlich

und waren ebenso froh, dass wir alle heil dort angekommen waren.
Ich war jetzt aber schon erstaunt: Da gibt es einen Stall für die Pferde, der sieht ganz anders aus als der in Neapel. Der ist ganz groß und da können sie rein- und rausgehen. Beim Ausgang ist sogar noch eine große Überdachung und von dort geht es direkt auf die Weide. Donnerwetter, dass ist natürlich etwas anderes. So scheinen es auch Coco und Carino zu sehen! Die wissen gar nicht, wo sie sich jetzt aufhalten sollen, aber es ist ja auch klar, jetzt müssen sie sich erst mal alles genau anschauen. Ich habe genau genommen überhaupt keine Ahnung, wozu Pferde hier auf der Erde sind. Es sind natürlich Tiere, und die sind nicht umsonst auf der Welt. So wie ich haben auch sie eine Aufgabe zu erledigen, die ist mir bei Pferden jedoch nicht geläufig. Auf der anderen Ebene rennen wir ja nicht als Tiere herum, so wie auf der Erde. Am besten wird es sein, dass ich sie einfach mal frage. Jetzt lasse ich sie erst einmal alleine, so dass sie sich hier in Ruhe umschauen können.

Vor dem Stall stehen eine Menge Menschen herum und beobachten die Pferde ebenfalls. Die Nachbarn haben sich hier eingefunden, um uns alle zu begrüßen. Die Pferde werden besonders beachtet, die waren ja noch nicht hier. Es ist das erste Mal, dass die Nachbarn sie sehen; uns kennt man ja schon. Na ja, ist mir auch egal, Hauptsache meine Familie übersieht mich nicht. Das ist auch gar nicht möglich, denn dafür sorge ich schon.

Meine kleinen Kinder sind - neben den Pferden - das Interessanteste. Sie reicht man von Hand zu Hand, werden liebkost, so wie sie es mit uns auch gemacht haben, als wir so klein waren. Das wichtigste ist ja, die Menschen sind glücklich, was wollen wir mehr?
Nach einer Weile hatte sich hier wieder alles so eingespielt, dass jeder zufrieden war. Hier gefällt es mir besser als in Neapel und ich glaube, dass es den Pferden auch so geht. Bei Amadeus, Nelly und Flora weiß ich es. Wir sind schon immer ganz aufgeregt, wenn unser Frauchen zu packen anfängt. Dann wissen wir, jetzt geht es wieder zu unserem Hof. Unsere Kinderchen werden eines nach dem anderen von ganz lieben Menschen abgeholt. Unsere Kleinen merken immer gleich, welches von ihnen abgeholt wird. Die Menschen und der Hund schauen sich in die Augen, und dann ist es geschehen. Sie wissen, sie sind für einander bestimmt. Flora ist eine ganz liebe Mama und ist immer für ihre Kleinen da, aber sie hat dadurch kaum noch Zeit für sich selber. Die Kleinen müssen erzogen werden, sie sollen wissen, dass es eine Rangordnung gibt. Das heißt, sie müssen sich auf der Stufe unterordnen, auf die man sie stellt. Das muss man lernen; eines der wenigen Dinge, die wir hier auf Erden ler-

nen müssen. Nur so kann ein geordnetes Miteinander funktionieren. Die Mama hat die Aufgabe, ihnen das beizubringen. Das ist nicht immer einfach, und je temperamentvoller sie sind, umso schwieriger ist es. Aber Flora gibt da nicht nach! Ich als Papa habe es da einfacher, ich bin zum Spielen da. Ich merke auch, dass sich unser Frauchen da immer schwer zurückhalten kann, aber sie ist still, auch wenn ihr die Kleinen dabei leidtun. Sie weiß, dass es sein muss. Ich habe schon gemerkt, dass die Menschen da nachsichtiger sind.

Als alle Kleinen abgeholt waren, war das für Flora eine Erleichterung. Sie ist jetzt kaum noch zu bremsen und will die ganze Zeit spielen und herumrennen. Solange sie die Babys hatte, war sie wesentlich ruhiger. Das muss wohl so sein. Ich als Papa kann da nicht mitreden, da sich für mich nicht viel geändert hatte. Mehr spielen musste ich, aber das machte ja Spaß.

Kapitel 7

Jetzt hatte ich endlich Zeit, mal mit Coco und Carino zu kommunizieren, denn wie gesagt, habe ich so gar keine Ahnung, was deren Aufgabe auf dieser Welt ist. Also spazierte ich mal zu ihnen auf die Koppel, mit einem gehörigen Abstand zu ihnen, denn ich will ja nicht unbedingt zufällig zertreten werden.

Da habe ich jetzt eine ganze Menge erfahren. Früher, also vor einer langen Zeit, waren sie auf freier Wildbahn und die Menschen haben sie beobachtet und festgestellt, dass sie sehr gutmütige Tiere sind und haben sie zu sich genommen, damit sie ihnen bei schweren Arbeiten helfen. Sie benutzten sie als Arbeitstiere, die Kutschen gezogen und die im Feld und im Wald gearbeitet haben. Das bedeutete für die Menschen, dass sie für sie nützlich sein können. Da sie sehr schnell laufen können, kam der Mensch auf die Idee, sich auf sie zu setzten und damit war er genau so schnell wie sie. Ihr Leben hatte damit einen Sinn für die Menschen und das war wohl ihre Aufgabe auf dieser Erde.

Heute ist das anders. Man hat Autos und Maschinen, da braucht man kein Pferd mehr. Aber der Mensch hat das Pferd lieben gelernt und Reiten macht dem Menschen Spaß. Früher ist man mit dem Pferd nicht sehr freundlich umgegangen, aber heute ist das anders. Zumindest mit Coco und Carino ist das so. Bevor Coco zu Vicky und Julia kam, war er ein Schulpferd, was ihm aber mit der Zeit nicht mehr gefallen hat. Die Kinder haben sich immer wieder auf seinen Rücken fallen lassen. Aber da er ein Haflinger ist, mit einem sturen Kopf, wie er meint, hat er sich gewehrt. Das hat weder den Kindern noch der Reitlehrerin gefallen, da er diese Kinder mit einem kurzen Buckeln auf den Boden gesetzt hat. Er wurde verkauft und da ging es ihm für eine Weile gar nicht gut. Als Vicky mit Oma zu ihm kamen, hatte er mit ihnen einen Augenkontakt, dem sie nicht widerstehen konnten. Das war sein Glück!

Einfach hat er es Vicky am Anfang auch nicht gemacht, aber mit der Zeit wurden sie immer mehr zu einem Paar. Vieles ist in der Zwischenzeit passiert, aber Coco meinte, dass lässt er mich später noch wissen. Heute liebt er Vicky und Julia und die Beiden lieben ihn.

Carino wurde für Julia gekauft, als sie für Coco noch zu klein war. Da war es auch so, Julia sah ihn und wollte sich kein weiteres Pony anschauen. Sie hatte sich sofort in seine Augen verliebt. Für Carino war es am Anfang nicht leicht, da er eine kleine Ponydame zurücklassen musste. Aber mit Coco hat er dann einen neuen Kumpel bekommen und die zwei darf man nicht mehr trennen. Das wissen Vicky und Julia, und da sie ein großes Herz haben und auf dieses auch hören, würden sie das auch niemals machen.

Also, die zwei sind zum Reiten hier. Das heißt, auch sie machen ihre Menschen glücklich, genau genommen das Gleiche, wofür wir hier auf Erden sind. Hunde, Katzen und Pferde machen den Menschen glücklich. Aber es gibt ja so viele andere Tiere auf dieser Erde. Natürlich weiß ich, dass kein Lebewesen auf dieser Erde ohne Grund hier ist. Jedes hat seine Aufgabe in diesem Kreislauf der Natur. Aber ich kenne natürlich nicht von jedem Einzelnen, wozu er auf der Erde ist. Wir kommen hierher und wissen, welches unsere Aufgaben sind. Jeder Einzelne kennt seinen Auftrag. So kenne ich also meine Funktion, aber nicht die der anderen Tiere. Das wäre wohl auch ein bisschen zu viel verlangt für einen kleinen Schoßhund wie ich es bin. Wir sind ja hier auf dieser Erde nicht zum Lernen, wie es ihr Menschen seid, sondern zum Erfüllen unserer Pflichten, und das alleine kann auch schon ganz schön anstrengend sein.

Kapitel 8

Manchmal ist es einfach nur schön, auf dem Schoß von Vicky zu liegen und zuzuhören, wie sie sich mit Oma unterhält. Manchmal sind da ganz interessante Gespräche dabei, denen ich auch gerne lausche, und die ich Dir nicht vorenthalten möchte, denn da geht es auch immer wieder einmal um Tiere.

Sie haben gerade gehört, dass ein Mann ein kleines Mädchen vergewaltigt und danach getötet hat. Er wurde vom Gericht zu lebenslanger Haft verurteilt.
„Es ist immer wieder unglaublich, was so ein Mann als Strafe bekommt. Lebenslänglich heißt das und meinen tun sie 15 Jahre. Wenn er sich gut führt, dann kommt er noch früher aus dem Gefängnis. Wie kann man so etwas lebenslänglich nennen? Das Wort als solches bedeutet doch lebenslang und das heißt so lange ich lebe. Wie kommt man da auf 15 Jahre? Das Kind ist für immer tot und seine Familie trauert ein ganzes Leben. Nichts mehr ist in dieser Familie so wie es war. Wenn Eltern ein Kind durch Krankheit verlieren, ist es schon schlimm genug. Wenn dein Kind aber vergewaltigt und umgebracht wird, kannst du nie wieder so glücklich sein wie du es vorher warst. Wenn sie dann noch sehen, dass der Täter nach zwölf oder 13 Jahren ein neues Leben beginnen kann, empfinden sie das als ganz

schön ungerecht. Womöglich wird er entlassen und macht das Gleiche wieder und stürzt damit eine weitere Familie ins Unglück. Das kann es doch nicht geben. So einer gehört für immer eingesperrt“ meinte Vicky, worauf Oma sagte: *„Tja, was soll man mit so einem Menschen machen? In verschiedenen Staaten der USA und auch in asiatischen Länder gibt es die Todesstrafe. Aber das finde ich auch nicht in Ordnung, denn für mich ist das genauso ein Mord. Es kann doch nicht sein, dass Menschen ein Gesetz erlassen und meinen, dass sie die Todesstrafe damit ausüben dürfen. Wenn ein Mensch einen anderen umbringt, ist es immer Mord, egal, ob er von einem Staat oder von einer Privatperson begangen wurde. Doch auf der anderen Seite muss ein Mörder hart bestraft werden! In meinen Augen hat so ein Mörder seine Menschenrechte verwirkt. Natürlich kann man einen Totschlag oder einen Mord im Affekt nicht gleichsetzten mit einem vorsätzlichen Mord. Aber bei vorsätzlichem Mord sollten ihm die Menschenrechte aberkannt werden. Das meine ich aus einem ganz bestimmten Grund. Wir Menschen maßen uns an, Tiere für Versuche zu missbrauchen, weil sie uns Menschen nutzen. Wir geben ihnen Medikamente und meinen, dass der Mensch später genauso reagiert wie das Tier. Das ist vielleicht manchmal der Fall, aber garantiert nicht immer. Die Tiere werden gequält, obwohl sie uns Menschen nichts zu Leide getan haben. Trotzdem behandeln wir sie schlechter als einen Mörder. Als wenn sie keine Gefühle und keine Schmerzen hätten! Wir betrachten Sie als eine Sache und nicht als ein Lebewesen.*

Warum machen wir das? Warum gehen wir so mit ihnen um? Weil wir Menschen sind, bilden wir uns ein, wir können machen, was wir wollen. Es ist ja zum Wohle des Menschen, wir können damit Menschenleben retten. Wenn wir etwas zum Wohle des Menschen tun wollen, dann sollten Personen, die viel Unheil in das Leben von Menschen gebracht haben, dafür gefälligst herhalten. Sie haben Menschen getötet, aus Habgier oder weil sie es einfach nur wollten. So könnten sie das wieder ein bisschen gutmachen, in dem sie als Versuchsperson Menschenleben retten. Wenn sie das fünf Jahre oder zehn Jahre durchhalten, je nachdem, für welche Tests sie sich zur Verfügung stellen, gibt man ihnen ihre Menschenrechte wieder und sie werden entlassen. Warum bringt man solche Menschen um, wo sie doch noch nützlich sein könnten?". „Ja das sehe ich genau so, aber wer fragt schon uns?", meinte Vicky.

Also das ist schon wirklich stark. Da benützt der Mensch Tiere als Versuchsobjekt! Ja, um Gottes Willen, was machen die denn da? Das muss ich mir noch näher erklären lassen, aber es muss schon etwas Schlimmes sein, sonst hätten sich die Zwei nicht so aufgeregt. Wir kommen auf diese Welt, um die Menschen glücklich zu machen und das haben wir dann davon. Da scheint es viele Menschen zu geben, deren Seelen noch sehr jung und unerfahren sind. Sie müssen wirklich noch viel lernen, denn die benützen ja

wirklich nur ihre Kopfstimme. Von einer Herzstimme haben die noch nichts gehört.
Der Mensch kommt ja erst einmal ohne Wissen in seinem Gehirn auf die Welt, es ist sozusagen noch leer. Im Laufe des Lebens lernt er immer mehr, sammelt es im Gehirn und lernt die Zusammenhänge dahinter zu begreifen. Mit, sagen wir, drei Jahren weiß er noch recht wenig, aber wenn er fleißig ist, dann kann er auf seinem Fachgebiet ein großes Wissen erlangen und ein Professor werden. Das ist aber nur das, was er sich mit seinem Kopf oder, wie ihr sagt, mit seinem Gehirn angeeignet hat. Zum Lernen gehören aber beide Seiten. Auch das Herz, das mit der Seele verbunden ist, muss geschult werden. Manche Menschen, sind sich dessen bewusst, manch' andere wieder nicht. Da gibt es sogar welche, die behaupten, dass es die Seele gar nicht gibt. Diese Menschen stehen mit ihrem Seelenleben noch ganz am Anfang, sind also noch wie Säuglinge und benehmen sich auch so. Ein Säugling kommt erst mal als Egoist auf die Welt und durch Lernen kann man den Egoismus minimieren. Diese erwachsenen Menschen sind aber scheinbar Zeit ihres Lebens Egoisten geblieben und leben entsprechend. Vor nichts schrecken sie zurück wenn sie meinen, dass es für sie von Vorteil ist. Sie bilden sich ja noch ein, etwas Gutes für den Menschen zu tun, denn schließlich können Sie Krankheiten heilen, was den Menschen hilft. Dass sie dafür Tiere quälen, ist ihnen egal. Tiere sind zwar für

die Menschen da, aber doch nicht um sie zu quälen. So ist das doch nicht gedacht!
Würden Menschen mehr auf ihre Herzstimme hören, könnten sie wahrnehmen, was sie den Tieren antun. Aber genau das wollen diese Menschen nicht und daher ignorieren sie die Herzstimme einfach und behaupten, dass es sie gar nicht gibt. Man sagt auch, diese Menschen wären reine Kopfmenschen, die nur auf ihren Verstand hören. Zu diesen Kopfmenschen sagt man manchmal auch, sie haben kein Herz, sie handeln herzlos. So muss es wohl sein, sonst könnten sie keine Tiere so behandeln, dass diese darunter leiden.

Wie froh bin ich, dass meine Menschenfamilie so viel Herz hat. Sie scheinen ihre Herzstimme wahrzunehmen. Wir Tiere, die sie ihr eigen nennen, haben es wirklich gut und ich weiß, dass sie uns nie etwas Böses antun könnten.
Ich habe ja gar keine Ahnung, was Tierversuche sind, aber es muss etwas schlimmes sein. So, wie sich Vicky und Oma aufregen, muss es etwas Furchtbares sein. Wie sie schon sagten, warum macht man das nicht mit Menschen, wenn es den Menschen hilft? Wenn sie dann auch noch meinen, man sollte es mit Kindermördern machen, muss ich davon ausgehen, dass man bei diesen Versuchen die Tiere quält. Ich muss mich da mal genauer umhören, obwohl, wenn ich es mir genauer überlege, weiß ich gar nicht, ob ich es wissen

will. Denn ich kann es ja sowieso nicht ändern. Es sind die Menschen, die es ändern können. Solange es noch mehr Menschen gibt, die nur ihre Kopfstimme benutzen, als die, die mit dem Herzen hören, wird es nicht viel bringen.

Die Herzstimme ist mit der Seele verbunden, und alle Lebewesen haben eine Seele. Solange der Mensch fast nur seinen Kopf benutzt, wird er immer wieder Fehler machen. Lässt er aber seine Herzstimme zu, kommt er mit Riesenschritten voran. Nur so wird er auf unserer Welt weiterkommen. Mit der Kopfstimme alleine bleibt er auf der Erde haften. Er kommt nicht weiter und muss immer wieder auf die Erde zurück, denn nur hier ist er in der Lage zu lernen. Seine Kopfstimme muss mit der Herzstimme verbunden sein, dann hat er es geschafft. Dann wird er nicht nur verstehen, wie die Erde funktioniert, sondern wie die Welt funktioniert. Dann weiß er, warum er eine Seele hat.

Die Tiere sind, wenn man den Fortschritt mit einer Leiter vergleicht, eine Sprosse höher als die Menschen. Auf der Erde müssen wir nicht mehr lernen, sondern Euch helfen, Eure Herzstimme zu finden. Nur glückliche Menschen sind in der Lage, ihre Herzstimme wahrzunehmen. Daher sind wir zufrieden, wenn wir Euch glücklich machen. Unsere Seele ist einen Schritt weiter als Eure, aber auch wir sind noch nicht viel weiter als Eure Seele. Das ist alles, was ich Euch über die Seele sagen kann, mehr weiß ich auch nicht. So werde ich also weiterhin das machen, wofür ich da bin: meine Familie glücklich machen. Es ist ja nicht nur für sie schön, sondern auch für mich. Es wird von ihrer Seite alles getan, um mich zufriedenzustellen.

Kapitel 9

Ob Du es glaubst oder nicht, ich habe sogar etwas zum Anziehen bekommen. Da sie die meiste Zeit Flora und mich überall mit hinnehmen, weiß ich ja, dass sie für sich selbst immer wieder mal etwas Schönes zum Anziehen kaufen. Mal bekommt Daniella, mal Julia etwas und Vicky kommt da auch nicht zu kurz. Obwohl ich sagen muss, dass die Kinder schon mehr bekommen. Bisher sind da für uns immer wieder mal Leckerlis rausgesprungen, aber mehr nicht, was uns aber schon mächtig freute. Einkaufen gehen ist daher immer sehr aufregend und interessant. Wir, Flora und ich, freuen uns schon immer, wenn wir die Autoschlüssel klappern hören, schon stehen wir vor der Tür. Nelly ist da nicht so scharf drauf. Nur wenn es zum Pferdestall geht, da steht auch sie da. Wir können zwar die Uhr nicht lesen, aber die brauchen wir nicht. Wir wissen genau, wann wir zum Stall fahren, denn es ist meist zum gleichen Zeitpunkt, nachdem Julia von der Schule heimkommt. Nur wenn es regnet, fahren wir nicht.

Aber jetzt bin ich vom Thema abgekommen. Zurück zu meiner Kleidung. Ja, Du hast richtig gelesen! Ich habe einen ganz schicken Pullover und zwei supertolle Mäntel bekommen. Das hat folgenden Grund: Ich habe im Gegensatz zu Flora ein dünneres Fell und außerdem, nachdem ich nicht viel fresse, einen fast fettlosen Körper. Flora hat ein ganz dickes Fell, auch etwas mehr Speck als ich, und friert somit überhaupt nicht. Ganz im Gegenteil, ihr ist es meistens zu warm und sie bevorzugt es, auf den kalten Fliesen zu liegen. Das liebe ich ja nun gar nicht. Nicht nur, dass es mir da zu kalt ist, es ist auch zu hart. Ich habe ja keine Speckröllchen, und dann tun einem da die Knochen weh. Aber auch auf dem Sofa ist mir im Winter nicht sonderlich warm, und da ist es schon passiert, dass ich regelrecht zitterte, weil mir so kalt ist. Das hat meiner Vicky und Julia gar nicht gefallen und sie sind sofort mit Flora und mir zum Einkaufen gefahren. Das habe ich erst gar nicht mitbekommen, dass sie mir etwas zum Anziehen kaufen wollen, aber als sie es mir anprobierten, war ich ganz baff. Der blaue Pulli hat mir auch sehr gefallen, als sie mich vor den Spiegel stellten und ich mich darin sah. Zwei Mäntel kamen auch noch dazu, die ich, wenn ich draußen im Garten bin oder wir spazieren gehen, angezogen bekomme. Als wir wieder zu Hause waren, haben sie mir gleich den Pullover übergezogen und ich muss schon sagen, ich habe gar nicht mehr gezittert. Man möchte es nicht glauben, dass so etwas gegen Zittern helfen kann! Flora schaute mich ganz verdutzt an und konnte sich gar nicht vorstellen, dass man vor Kälte zittert, mit einem

Pullover aber plötzlich nicht mehr. Ihr hätte so ein Pullover nämlich auch gefallen, aber wenn der scheinbar warm macht, kann sie den natürlich überhaupt nicht gebrauchen, denn im Winter findet sie die Temperatur angenehm. Sie muss da wenigstens nicht hecheln, wie das im Sommer öfter der Fall ist. Also kommt für sie ein so schöner Pullover nicht in Frage!

Warum muss sie auch so ein dickes Fell haben? Wir gehören ja zur gleichen Rasse, aber die Felldichte ist doch recht unterschiedlich. Allerdings: keines meiner Kinder hatte so ein fein gewachsenes Fell wie ich. Ich bin schon irgendwie eine Ausnahme! Auch bin ich viel dünner als es für meine Rasse üblich ist. Das kommt davon, weil ich weniger fresse. Nicht dass da einer auf den Gedanken kommt, ich bin vielleicht nicht ganz reinrassig. Mein Papa ist ein echter Russe und da kommt meine Rasse ja her. Nein, nein, ich bin schon ein Reinrassiger, aber irgendwie bin ich ein bisschen anders als andere Hunde. Ich bin nicht scharf aufs Fressen, egal was es ist. Es schmeckt ja alles, vor allem die gute Streichwurst, die mein Frauchen Vicky immer isst, aber auch mit der können sie mich nicht immer locken. So einen richtigen Futterneid, den man Tieren nachsagt, habe ich eigentlich nicht. Natürlich schaue ich schon mal, was die anderen so in ihrem Napf haben, wenn sie das dann ganz gierig herunterschlingen. Da denke ich mir dann immer: na, da muss es ja heute etwas ganz Besonderes geben, aber nichts da, immer das Gleiche. Muss ich nicht haben. Nur wenn ich viel Hunger habe, dann fresse ich auch. Ist ja bei den Menschen nicht anders. Da gibt es auch welche, die essen gerne und viel und andere wiederum essen, damit sie nicht verhungern. Mein Herrchen Holger macht sich auch nicht so viel aus Essen und mir geht es genauso! Na und weil ich eben nicht viel fresse, brauche ich meinen Pullover und meine zwei Mäntel. Als wir zu Weihnachten auf unserem Hof waren, konnte ich die gut gebrauchen.

Da war doch eines Morgens, als ich aufwachte und raus gehen wollte, um mein Geschäft zu verrichten, eine weiße Schicht über dem Rasen. Wo ich hinschaute - alles war weiß, sogar auf dem Dach lag das Zeug. Mein Frauchen Vicky rief Julia und sagte zu ihr: „Es hat geschneit, endlich haben wir den ersehnten Schnee, Julia, jetzt kannst Du Schlitten fahren und einen Schneemann bauen". Ganz begeistert waren sie, und so ließ ich mich anstecken und lief mit Flora ganz aufgeregt durch den Schnee, wie sie das weiße Zeug nannten. Kurze Zeit später fing ich an zu frieren und zitterte. Flora dagegen wälzte sich im Schnee und war auch sichtlich begeistert von der weißen Pracht. Ich lief auf Vicky zu, sie nahm mich lachend auf den Arm und ging mit mir wieder rein. Dort stülpte sie mir den Mantel über, der außen eine Gummischicht hat, und ließ mich wieder raus. Jetzt fing es an, mir auch zu gefallen und ich musste gar nicht mehr frieren, denn zu lange ließen sie uns auch nicht draußen. Da war dann ein ständiges Rein und Raus, bis wir uns an den Schnee gewöhnten. Flora hatte den Schnee oft an ihrem Fell kleben, vor allem wenn wir länger draußen waren. Da hat Vicky sie dann immer in der Badewanne abgebraust. Julia baute mit Holger einen sogenannten Schneemann, na ja, er sah vielleicht ein bisschen aus wie ein Mensch, aber wirklich nur ein bisschen. Am Nachmittag ging Julia mit ein paar Nachbarskindern und uns Hunden zum Schlittenfahren auf einen Hügel, der zu unserem Hof gehört. Da haben sie dann auf so komischen Schaufeln gesessen und sind den Berg herunter gerutscht und wir Hunde hinterher. Wir, Flora, Nelly und ich sind aber immer schneller den Hügel heruntergekommen. War das eine Spaß, das haben wir noch ein paar Mal gemacht.

Das war eine schöne Zeit. Die hatten wir letztes Weihnachten, als wir auch dort waren, nicht. Keine Ahnung warum das so ist, es ist mir ja auch vollkommen egal, Hauptsache wir haben den Schnee irgendwann wieder. Als wir nach Neapel zurückfuhren, war dort kein Schnee. Aber im Haus war es viel kälter als auf unserem Hof. Dort war ein so schöner Ofen im Wohnzimmer, da war es überall warm im ganzen Haus, nicht nur vor dem Ofen. Hier in Neapel drän-

gen wir uns alle um den Ofen herum, denn nur da ist es warm. Da brauche ich dann wieder meinen Pullover.
So vergeht die Zeit auf unserer Erde und wie ihr seht, haben wir Hunde doch ein herrliches Leben. Wir müssen uns um nichts Sorgen machen und können einfach unser Hundeleben genießen. Aber jetzt muss ich auch mal ein anderes Tier zu Wort kommen lassen, nicht dass ihr noch denkt, nur ich bin so schlau und manipuliere unsere Oma, damit sie über ihre Herzstimme mich wahrnimmt. Das können alle anderen Tiere auch, aber ich weiß schon, warum sie mich als Ersten so lange zu Wort kommen ließ. Sie hat mich schon besonders in ihr Herz geschlossen. Wir Beide hatten vom ersten Augenblick an einen besonderen Draht zu einander, wie ihr so schön sagt. Aber alle anderen hat sie natürlich auch lieb. Es merkt keiner von denen, dass wir Zwei eine besondere Beziehung zu einander haben. Über Flora wisst ihr ja schon einiges, die kann also noch warten.

Gerade meldet sich Amadeus zu Wort. Ist ja auch richtig, denn mit Katzen kenne ich mich natürlich nicht so aus, wie das eine Katze - oder besser: ein Kater - selber kann.

Kapitel 10

Coffee hat ja nun schon eine Menge erzählt, aber ich lebe schon viel länger als er und bin jetzt schon seit fünfeinhalb Jahren bei unserer Familie. Holger wird immer wieder versetzt. Als ich auf die Welt kam, waren sie gerade in Belgien. Ich bin also ein gebürtiger Belgier. Meine Mutter stammte aus einer Streunerfamilie, aber mein Vater war ein Aristokrat, dessen Menschenfamilie es nicht verhindern konnte, dass er meine Mutter schwängerte. Wir waren zwei Geschwister und meine Menschenfamilie bekam mich. Ich bin ein wunderschöner langhaariger Kater geworden, wie ich immer wieder zu hören bekomme. Als ich noch ganz klein war, durfte meine Mama mit meinem Bruder und mir bei meiner Menschenfamilie wohnen, bis wir groß genug waren, um ohne Mama leben zu können. Als meine Mama und mein Bruder weg waren, kam ein weiterer Kater Namens Garfield zu uns. So war ich also von kleinauf nie alleine. Nelly war schon vor uns da und schloss uns vom ersten Augenblick an in ihr Hundeherz.

Meine erste Bezugsperson in der Familie war Daniella, denn Garfield hatte Julia. Wir waren also ihre Katzen. Vicky, die Menschenmami, wurde aber auch unsere Mami, denn sie war viel mehr zu Hause als Daniella und Julia, die zur Schule gehen mussten. Wenn Vicky wegfuhr, hatten wir immer noch unsere Nelly, mit der wir ganz besonders gerne kuschelten. Als wir älter wurden, wollten wir unabhängiger werden, was man uns gestattete.

Coffee hat es ja schon kurz angeschnitten, wir Katzen haben es auf dieser Welt noch schöner als die Hunde. Wir genießen die Gemütlichkeit und das Kuscheln mit unserer Menschenfamilie einerseits, die Unabhängigkeit und Freiheit auf der anderen Seite. Wir können gehorchen wenn wir wollen, aber das ist nicht unbedingt nötig. Die Menschen nehmen uns das nicht sonderlich übel, wenn wir nicht gehorchen. Man sieht es uns scheinbar an, dass wir unabhängig sein wollen. Es ist nicht so, dass wir sie nicht über alles lieben, aber wir geben ihnen unsere Liebe, wenn wir es für richtig halten. Wenn sie uns schön verwöhnen, geben wir ihnen mit unserem Schnurren zu verstehen, dass wir zufrieden sind. Wir genießen es dann auch, auf ihnen zu schlafen, egal wo, es muss nur gemütlich sein. Hauptsache wir haben den Menschenkontakt und fühlen ihre Wärme und riechen ihren Duft. Der Duft ist uns besonders wichtig, denn der vermittelt uns ihre Sympathie.

Wir mögen nicht jeden Menschen, es kommt auf den Geruch an. Zuviel Parfüm oder gar Deodorant mögen wir gar nicht. Ihr Eigengeruch ist uns eigentlich am liebsten. Wir verlassen uns noch auf unser Riechorgan, denn da können wir am besten einschätzen, wen wir vor uns haben. Früher war das auch bei den Menschen so, schließlich gibt es doch das geflügelte Wort „den kann ich nicht riechen". Genauso geht es uns heute noch. Zuviel Deodorant ist für mich das schlimmste, da verdrück' ich mich erst einmal. Damit bekommt mich keiner auf seinen Schoß. Haben wir aber einem Menschen unser Herz geschenkt, dann kann er sich auf uns verlassen. Was aber nicht heißt, dass er uns beherrscht. Wenn wir dann auch noch gutes Fressen bekommen, sind wir wirklich zufrieden. Es muss abwechslungsreich sein, so wie die Menschen es auch wollen. Mit immer dem Gleichen sind wir nicht einverstanden. Ist das alles möglich, dann steht unserem Glück und dem Glück unserer Menschen nichts mehr im Wege. Uns kann nichts mehr trennen! So einfach ist das mit uns. Wenn also die Tiere dazu da sind, Euch Menschen glücklich zu machen, so gelingt uns Katzen das auf alle Fälle. Oder gibt es da einen Katzenbesitzer, der widerspricht?

Aber wieder zurück zu meiner Person. Bei meiner Familie ist immer viel los. Jeder, der zu uns kommt, kuschelt uns ungefragt und solange ich klein war, konnte man das auch machen. Aber als ich größer wurde, verdrückte ich mich und sie ließen mich in Ruhe.

Von klein auf sind wir oft im Auto mitgefahren. Wir mussten ja öfter einmal zum Tierarzt, was für Garfield und mich nichts Angst einflößendes war. Aber etwas gewundert haben wir uns schon, als sie uns eines Tages mit Nelly und den Kindern ins Auto verstauten und die Fahrt kein Ende nahm. Wir hatten sogar unser eigenes Katzenklo dabei, was uns erst einmal etwas verwunderte. Dann aber waren wir froh, dass wir es hatten. Nach einer ziemlich langen Fahrt hielten wir an und sie nahmen uns aus dem Auto mit in ein fremdes Haus. Da roch alles nach unserer Familie und Oma und Opa waren auch da, die wir ja schon kannten, denn sie sind öfter bei uns in Belgien gewesen.

Von daher gab es überhaupt keine Eingewöhnungsprobleme. Wir haben gleich am ersten Tag, nachdem wir die Räume ausgekundschaftet hatten, solange miaut, bis sie uns raus gelassen haben. Auch da waren in dem Schuppen immer wieder bekannte Gerüche unserer Familie. Garfield und ich haben uns sofort in dieser Gegend wohlgefühlt.

Wir sind auf der einen Seite sehr freiheitsliebend, aber gleichzeitig sehr mit unserer Familie verbunden. Wo immer die Familie glücklich ist, da sind wir es auch. So freiheitsliebend wie wir sind, wollen wir aber nicht, dass uns unsere Familie irgendwo alleine zurück lässt. Nur von irgendwem gefüttert zu werden, gefällt uns überhaupt nicht. Deswegen scheinen sie uns hierher mitgenommen zu haben.

Wir blieben ein paar Wochen, in denen wir genügend Zeit hatten, dieses neue Umfeld zu erkunden. Da gab es Mäuse, die wir aus unserem Garten in Belgien nicht kennen. In Belgien sind nur Gärten mit Häusern um uns herum, da macht das Herumstreunen nicht so viel Spaß wie hier. Hier waren Felder und Wiesen ganz in der Nähe und da wurde es uns nie langweilig, dort herumzuspazieren. Da blühte Garfield richtig auf! Hier konnte er sich nach Herzenslust austoben. Nach einer Weile packten sie uns wieder in das Auto und am Ende der Fahrt stellten wir fest, dass wir wieder in unserem Zuhause in Belgien waren. Das hat Garfield gar nicht gefallen, aber wir konnten nichts dagegen machen. Also konzentrierten wir uns wieder mehr auf unsere Familie. Sie sind ja immer so glücklich, wenn wir uns auf ihren Schoß setzen. Wir werden dann gekrault, und wir zeigen unseren Dank, indem wir schnurren.

Nelly habe ich ja total in mein Herz geschlossen, sie ist immer für mich da, wann immer ich will. Ich kann mich zu ihr kuscheln und dann schlafen wir eng aneinander ein. Ich will ihr dann meine Liebe ganz besonders zeigen und streiche mit meinem Kopf an dem ihren entlang. Doch kann ich es bis heute nicht glauben: ihr gefällt das nicht. Nach ein paar Streichlern um ihre Nase herum steht sie immer auf und legt sich an einem anderen Ort wieder hin. Das sollte mir ja zu denken geben und ich hätte es aufgeben müssen. Aber ich kann das nicht. Immer wieder - auch heute noch -, mache ich es und sie steht immer noch auf und geht woanders hin. Da verstehe einer die Hunde! Sie müsste doch glücklich sein, dass ich ihr immer wieder auf diese Art meine Liebe zeige.

Wieder verging Zeit. Wie viel, das weiß ich nicht, denn Zeit ist für uns eigentlich ohne Bedeutung. Aber ich muss es hier erwähnen, damit ihr die Reihenfolge unserer Umzüge versteht. Der Tag kam und wir bemerkten es schon, weil hier im Haus gepackt wurde und alles in ein großes Auto kam. Wir drei, Nelly, Garfield und ich kamen wieder ins Auto und mit Julia, Daniella, Vicky und Holger fuhren wir eine weite Strecke und ihr glaubt nicht, wo sie endete: da, wo wir schon einmal waren und es uns so gut gefallen hatte! Dieses Mal sind wir erst gar nicht in das Haus gegangen, sondern haben unsere Umgebung sofort inspiziert. Alles war noch so, wie wir es verlassen hatten. Das war mal eine gelungene Überraschung!

Keine Nacht mehr sind wir zu Hause geblieben. Erst am Morgen, wenn wir sahen, dass unsere Familie wach ist, kamen wir heim und forderten sie mit vielen Fußstreichlern auf, uns ein gutes Fressen zu geben. Haben sie auch immer sofort gemacht, blieb ihnen ja auch nichts anderes übrig, denn vorher haben wir nicht nachgegeben. Was mir aber immer an unseren Menschen gefällt, ist, dass sie immer ein Lächeln um den Mund herum haben, wenn sie sich mit uns beschäftigen. Sie sind glücklich, dass sie uns haben und das ist es ja, warum wir bei ihnen sind. Wenn sie sehen, dass wir zufrieden sind, dann sind sie es selber auch.

Aber wenn ihr jetzt glaubt, das wäre unser letzter Wohnort gewesen, dann habt ihr Euch genauso getäuscht wie wir. Wir lebten hier jetzt schon eine ganze

Weile und hatten uns komplett eingelebt. Kein Busch oder Baum in der ganzen Umgebung war uns fremd. Die ganze Nachbarschaft kannte uns. Auch ihre Hunde und Katzen! Wir haben uns mit denen so arrangiert, dass wir nicht in ihre Gärten gingen, aber die Wiesen, Felder und Wälder waren groß genug für uns alle. Wir mussten uns nicht begegnen, wenn wir es nicht wollten.

Da fing doch diese Packerei im Haus wieder an und uns schwante nichts Gutes. Genau so war es dann. Dieses Mal wurden wir in einem Anhänger verstaut, in den zwei weitere Tiere, die wir nicht kannten, rein kamen. Wir konnten sie nicht sehen, aber riechen und hören. Mit ihnen zusammen ging es wieder auf eine lange Reise!

Dort angekommen, war uns alles fremd. Sie sperrten uns erst einmal mit unseren Betten und einem Katzenklo in ein Badezimmer. Wir waren fix und fertig. Es war heiß und keiner der Gerüche war uns bekannt. Nach einer Weile haben sie uns rausgelassen. Garfield interessierte das Haus erst mal gar nicht. Er wollte raus und gab nicht nach. Er brüllte so laut, dass sie ihn nach einer Weile doch raus ließen. Ich wollte erst mal nicht hinaus. Das Haus war groß und ich war beschäftigt, mir alles genau anzuschauen. In jedem fertig eingeräumten Zimmer waren jetzt wieder bekannte Gerüche.

Die Menschen waren aber noch lange nicht fertig mit dem Einräumen. Jetzt überkam mich eine große Müdigkeit und ich konnte in Ruhe schlafen, denn es schien, als ob wir hier wieder wohnen würden. Die ganze Familie mit Oma und Opa war hier, und das war ja erst einmal das Wichtigste. Wo Garfield war, wußte ich nicht, was mich aber im Moment nicht interessierte, da ich einfach zu müde war.

Am Abend wurde ich wach, weil ich immer Garfields Namen hörte. Meine Familie war damit beschäftigt, Garfield zu suchen. Man konnte ihnen ansehen, dass sie nicht glücklich waren. Im Haus, im Garten, auf der Straße, überall rannten sie herum und riefen seinen Namen. Aber nichts, er taucht nicht auf. Am nächsten Tag das Gleiche, aber er kam nicht. Ganz betrübt schauten sie drein. Das war nicht fair von Garfield, nur an sich zu denken! Er weiß doch auch, was seine Mission auf dieser Erde ist. Aber manchmal ist der Egoismus einer Katze doch größer, als ihre Bestimmung. Mindestens bei Garfield kann man das sehen. Langsam machte ich mir auch Sorgen. Es wird ihm doch nichts passiert sein, oder findet er nicht mehr nach Hause? Hier ist alles ganz anders als in unserem letzten Zuhause, da rennt man doch nicht gleich so weit weg! Doch siehe da, nach zwei Tagen kam er Vicky und Oma, die ihn immer noch auf der Straße suchten, ganz gemütlich entgegen. Das war eine Erleichterung in der ganzen Familie einschließlich mir selbst. Dem lieben Garfield ist das natürlich gar nicht bewusst gewesen. Die Familie hat es ihm nicht krumm genommen, die waren einfach nur glücklich, dass er wieder da war.

Dort, wo wir jetzt wohnen, rennen draußen lauter fremde Katzen umher. Sie suchen nach Futter und sahen auch erst mal ganz hungrig aus. Vicky hatte sofort ein Herz für sie und stellte ihnen draußen auf der Terrasse Futter hin. Das haben sie ganz gierig hinuntergeschlungen. Wo kommen die bloß her, haben die denn keine Menschenfamilie wie wir? Wo sind wir denn hier gelandet? Da muss ich mich mal umhören, aber im Moment sind die alles andere als lieb zu mir. Da ist es erst einmal klüger, ihnen aus dem Weg zu gehen. Garfield geht es auch nicht anders. Der hat schon versucht, mit ihnen Kontakt aufzunehmen - deswegen war er ja auch zwei Tage lang weg - aber es ist ihm auch noch nicht gelungen, an sie heranzukommen. Wer weiß, warum sie so vorsichtig sind und keinen an sich heranlassen? Einer jedoch ist dabei, sich bei Vicky einzuschleimen. Er brüllt den ganzen Tag, bis Vicky ihn auf den Arm nimmt. Nachdem sie das getan hatte, glaubte er, uns nun von Vicky fern halten zu müssen und wollte uns wegjagen. Das hat aber Vicky nicht zugelassen und vertrieb ihn. So geht es ja nun auch nicht, was bildet der sich ein, noch ist das unsere Familie und das wird auch so bleiben. Also lassen wir das Thema, vielleicht bekomme ich ja noch später heraus, warum diese Katzen kein Zuhause haben.

Eines Tages kamen Vicky und Holger mit einem kleinen Knäuel heim, das sich bewegte. Was ist das denn, dachte ich, so was habe ich ja noch nie gesehen, eine kleine Katze ist es nicht! Was aber sollte es sonst sein? Nelly half mir. Ein Hund ist es, ja so was! So klein und schon ein Hund! Wie lange dauert das wohl, bis er so groß ist wie Nelly? Also so ganz geheuer war er mir nicht, aber meine Familie schien vollkommen auszuflippen vor Freude. Jeder möchte ihn haben, und dann piepsen sie vor sich hin, wie niedlich er doch ist. So niedlich finde ich ihn nun auch wieder nicht, aber wer fragt schon mich? Als er mir zu nahe kam, habe ich ihn angefaucht und das fand die Familie wiederum nicht gut. Weiß ich, was der macht, wenn er mir zu nahe kommt? Natürlich kann ich sehen, dass es noch ein Babyhund ist, aber gerade dann muss man vorsichtig sein, denn die kennen noch nicht ihre Grenzen. Also mir kommt der mal nicht so schnell zu nahe.

Diesen Neuzugang in unserer Familie nennen sie Coffee. Ich respektiere ihn jetzt erst mal, ins Herz schließen muss ich ihn ja nicht sofort und werde ihn beobachten und ihm gleich zeigen, dass mit mir nicht zu spaßen ist.

Oma und Opa sind auch wieder zu Besuch. Das freut auch mich, da die sehr nett zu mir sind. Da habe ich ein Gespräch mitbekommen, wo Oma der Vicky eine Geschichte erzählte, von der sie gerade gehört hat. Ich habe deswegen zugehört, weil es um eine Katze ging. Besagte Katze lebte in einem Hospiz, wo sterbenskranke Menschen auf ihren Tod warten. Diese Katze legte sich zu einem Patienten ins Bett und in den nächsten vier Stunden verstarb er. Die Krankenschwestern beobachteten die Katze und stellten fest, dass sie das jedes Mal machte, bevor ein Patient verstarb. Das gab ihnen die Möglichkeit, die Angehörigen des jeweiligen Patienten zu holen, damit sie sich von ihrem geliebten Menschen verabschieden konnten bevor er verstarb. Das war für alle Menschen, die das miterlebten, ein unheimliches Phänomen: eine Katze weiß, wann ein Mensch stirbt. Sie legt sich zu ihm so rechtzeitig hin, dass seine Angehörigen sich noch verabschieden können. So etwas traut man doch keiner Katze zu! Wie ist es überhaupt möglich, dass eine Katze so etwas weiß? Da stellt sich die Frage: wissen Katzen mehr wie Menschen? Wir Menschen können zwar auch erkennen, wenn jemand im Sterben liegt und ganz kurz vor seinem Ableben bemerken wir das auch, aber wir können nicht sagen, dass er in circa vier Stunden stirbt, meinte Oma!

Dazu kann ich folgendes erklären: Katzen sind sich der Dimension, in die wir Tiere und Menschen eingehen, wenn wir tot sind, auch zu Lebzeiten bewusst. Das gilt auch noch für andere Tiere, aber nicht für alle. Es ist wie bei den Menschen: Im Laufe der Evolution haben sie es verlernt, in diesen Bereich zu blicken. Früher konnten es alle Tiere! Auch können es heute noch manche Menschen. Doch wir Katzen können es alle, da wir noch sehr ursprünglich sind. In früheren Zeiten waren sich viele Menschen dessen bewusst und haben uns deshalb verehrt. In der heutigen Zeit weiß das so gut wie keiner mehr, und da sind sie dann ganz erstaunt, wenn sie sowas wie in dem Hospiz erleben. Wir Katzen, und auch viele andere Tiere, haben deswegen auch keine Angst vor dem Sterben. Ganz im Gegenteil, wir haben dann unsere Aufgabe im Leben erfüllt und dürfen wieder nach Hause. Die Erde ist für uns alle nicht unser wirkliches Zuhause und eigentlich sollte niemand Angst haben, die Erde zu verlassen. Solange wir aber auf der Erde leben, gibt es so etwas wie einen Schutz: wir können uns nicht einfach umbringen, wenn es uns auf der Erde nicht gefällt.

Der Selbsterhaltungstrieb hält uns davor zurück. Insofern wollen wir nicht vorzeitig sterben. Aber wenn wir sterben, dann haben wir keine Angst, weil wir wissen, wohin wir kommen. Dieses Wissen ist den Menschen abhandengekommen, weswegen sie nicht nur Angst vor dem Tod haben, sondern auch vor dem Prozess des Sterbens. Diese Katze im Hospiz hat sich nicht zu dem Sterbenden gelegt, damit seine Angehörigen sich von ihm verabschieden können, sondern hat ihn in den Tod begleitet.

Ihr habt ja auch sicherlich schon des Öfteren gehört, dass eine Katze Tausende von Kilometern hinter sich brachte, um ihre alten Besitzer wiederzufinden. Dazu kann ich Euch auch etwas sagen. Diese Katzen haben ihre Menschenbesitzer über alles geliebt und meist ist auch einer dieser Menschen sehr traurig darüber, dass er seine Katze zurücklassen musste. Da wir Katzen mit der Dimension in Verbindung sind, mittels der wir auf mediale Weise erfassen können, wo unsere Besitzer hingezogen sind, können wir uns zu ihnen auf den Weg machen. Lange nicht alle Katzen wollen das, aber manche von uns haben große Sehnsucht nach ihrer Menschenfamilie, so dass sie sie suchen. Der Weg wird ihnen ‚von oben', wie ihr so schön sagt, wenn ihr die andere Dimension meint, gezeigt. Manche Katzen schaffen es, andere aber bleiben irgendwo stecken. Sie finden eine andere Familie, die sich ihrer annimmt und zum Dank bleiben sie dann dort. Es kann aber auch sein, dass sie überfahren werden. Aber immer wieder hört ihr, dass einige es schaffen, was Euch sehr verblüfft und ihr gar keine vernünftige Erklärung dafür finden könnt. Die Vernunft Eurer Kopfstimme lässt das nicht zu!

Der Kopfstimme wird es nie möglich sein, in andere Dimensionen zu schauen. Es würde dem Menschen den Fortschritt nehmen. Dafür hat er ja in erster Linie die Kopfstimme bekommen, denn zum Lernen benötigt er die Kopfstimme, die in seinem Gehirn verankert ist. Seine Herzstimme überhört er dabei. Nur mit dieser aber ist es ihm möglich, mit der anderen Dimension in Verbindung zu treten. Würde er beiden folgen, wäre der Mensch an oberster Stelle und würde über den Tieren stehen. So aber sind wir Euch noch überlegen, obwohl wir nicht über so ein Gehirn verfügen wie ihr es habt, aber es leider nicht richtig einsetzt. Jedoch sind schon einige Menschen auf dem richtigen Wege und wie es scheint, werden es wieder mehr.

Uns Katzen auf jeden Fall geht es recht gut auf dieser Erde. Auch wenn Ihr meint, dass es Streunerkatzen schlecht geht. In Eurem Sinne vielleicht, denn ihnen fehlt ja die Liebe der Menschen. Natürlich sind sie erstmal auch auf die Welt gekommen, um den Men-

schen glücklich zu machen, was ja unsere Hauptaufgabe ist. Doch auf der Erde hat sich im Verlauf der Evolution eine Menge geändert. Es war nicht geplant, dass Katzen so alt werden, wie es heutzutage der Fall ist. Wenn man zweimal im Jahr Kinder - und zwar gleich mehrere - bekommt, dann ist auch bei Katzen eine Überbevölkerung nicht ausgeschlossen, und das ist das heutige Problem. Es ist jetzt die Aufgabe der Menschen, diese Katzen in Käfigen einzusammeln und sterilisieren zu lassen. Wenn sie sich etwas erholt haben, können sie die Katzen wieder frei laufen lassen. So hat es mein Frauchen Vicky mit den Streunerkatzen, die sie füttert, auch gemacht. Die meisten dieser Katzen sind inzwischen dem Menschen gegenüber so scheu, dass sie sich bei ihnen im Haus gar nicht wohlfühlen.
Nichts auf dieser Erde ist sinnlos. Die Tiere dieser Welt sind nicht zufällig auf der Erde. Sie haben eine Aufgabe in ihrem Leben, genauso wie die Menschen. Auch Pflanzen sind nicht zufällig hier! Sie sind hier, um das Ökosystem der Erde aufrecht zu erhalten und um den Menschen und Tieren als Futter zur Verfügung zu stehen.

Jedes Wesen, das ein Herz besitzt, hat eine Seele. Tiere ohne Herz sind wie Pflanzen, haben zwar auch eine Aufgabe im Ökosystem, sie können fühlen, aber nicht so wie Menschen und Tiere, die eine Seele haben.

Auch Pflanzen wollen mit Respekt und Liebe behandelt werden. Wird ihnen diese zuteil, wachsen sie besonders gut und ihre Besitzer können sich an ihnen erfreuen. Sie haben dann mehr Ertrag, wenn es sich um Pflanzen mit essbaren Teilen handelt. Aber auch Blumen sind dazu da, Freude bei den Menschen auszulösen. Es gibt so vieles in unserer Natur, das dazu da ist, den Menschen glücklich zu machen, damit er seine Herzstimme nicht überhört. Doch hat der Mensch es im Laufe der Zeit verlernt, die Herzstimme wahrzunehmen, da die Kopfstimme so große Erfolge aufzuweisen hat. Warum sollte man sich durch die Herzstimme aufhalten lassen und damit den wirtschaftlichen und technische Aufstieg bremsen? Damit haben sich die Menschen, aber im besonderen uns Tieren, keinen Gefallen getan. Er ist dadurch von dem Weg abgekommen, den er eigentlich beschreiten sollte. Spirituell wachsen und damit die Welt besser zu verstehen, ist seine Aufgabe auf dieser Erde. Er hat beim Hören auf die Kopfstimme viel gelernt, aber spirituell gewachsen ist er damit nicht viel. Er erkennt im Weltraum die Sterne, die Galaxien versucht er zu begreifen, aber Unendlichkeit ist ihm nach wie vor unverständlich. Die wird er mit der Kopfstimme auch niemals begreifen. Der Mensch verfügt doch über beide Stimmen. Warum ignoriert er die Herzstimme mit aller Kraft? Manche Menschen geben ihr sogar den Namen, ‚schlechtes Gewissen'. Habt ihr davor Angst, auf beide Stimmen zu hören?

Natürlich sagt die Herzstimme immer wieder, was die Menschen falsch machen bzw. wie sie es machen sollten. Doch man ignoriert sie und nennt sie das schlechte Gewissen! Was ist daran schlecht? Durch dieses Überhören ist es den Menschen möglich geworden, Dinge zu tun, die der ganzen Erde nicht gut tun. Diese Menschen sind sich einer Macht bewusst, die in ihnen steckt und die sie mit aller Gewalt verteidigen. Macht aber sollte nur dazu da sein, zu überleben und nicht dazu, die Herzstimme zu überhören. Die Schule des Lebens ist nicht einfach, weshalb der Mensch die Macht erhalten hat, sie zu bestehen - im besten Sinne und nur zu diesem Zweck.

Doch Menschen, die ihr Herzgefühl vollkommen ignorieren, benutzen die Macht, um anderen Menschen die eigenen Ziele aufzuzwingen. Der Mensch lebt nach von Führern gemachten Regeln. Er lässt sich leiten, aber auch verleiten. Zwar braucht ein Rudel einen Anführer, aber die Individualität darf ihm nicht geopfert werden. Jedes Geschöpf ist unterschiedlich und kann dementsprechend Unterschiedliches vollbringen. Gemeinsamer Erfolg ist möglich, wenn jeder auf seinem Fachgebiet arbeitet und dort Großes vollbringt.

Bei uns Tieren ist es etwas leichter, denn wir sind aus anderen Gründen auf dieser Welt. Tiere ordnen sich recht einfach unter. Sie hinterfragen nicht und vertrauen auf den Führer des Rudels, der dieses Vertrauen nicht ausnutzt.

Bei den Menschen ist das anders. Menschen benutzen Menschen für ihre eigenen Ziele. Man kann die Menschen manipulieren und - wenn man ein guter „Rudelführer" ist -, sind sie bereit, für ihn alles zu tun. Er muss ihnen nur plausibel machen, warum sie etwas tun sollen. Sorgt er dafür, dass es ihnen relativ gut geht, machen sie alles, was man von ihnen verlangt.
Man kann es nicht glauben, dass Menschen in einen Krieg ziehen, nur damit ein paar andere z.B. ihr Land, ihre Macht und ihren Einfluss vergrößern. Weitere Gründe mögen eine Rolle spielen, was aber bleibt, ist der Hass, den man seinem Feind entgegenbringt und wegen dem Menschen bereit sind, andere Menschen umzubringen. Auf diesem Gebiet haben sie über Jahrtausende hinweg nichts dazu gelernt. So machen sie immer wieder die gleichen Fehler. Schuld daran ist die Dominanz der Kopfstimme. Würde sie aber nur zu 50 Prozent benützt werden und die anderen 50 Prozent der Herzstimme zukommen, sähe es ganz anders aus. Die Herzstimme lässt sich nicht manipulieren, man kann sie aber ignorieren. Würden die Menschen das nicht zulassen, wäre es um das Gleichgewicht auf

unserer Erde wesentlich besser bestellt. Ich als Katze habe es da doch erheblich leichter als ihr Menschen! So viel und so schwer zu lernen wie ihr das müsst, ist für uns nicht mehr nötig.

Wenn ich so mein Leben betrachte, ist es schön. Meine Menschenfamilie liebt mich so wie ich bin. Nur wenn ich mal auf dem Tisch stehe und ihr Essen probiere, jagen sie mich vom Tisch. Dabei habe ich letztes Mal so etwas Gutes gemampft. Kuchen nannten sie es. Die herrlich süße Milch in einem etwas härteren Zustand hat mir fantastisch geschmeckt, und als ich fast fertig war, kam Vicky in die Küche und hat einen Tobsuchtsanfall bekommen. Da habe ich mich gleich von alleine verdrückt und geschaut, dass ich so schnell wie möglich wegkomme. Sie war so sauer, die hätte beinahe angefangen zu heulen, denn die Torte war nicht für mich gedacht, sondern für Daniella und ihre Freundinnen. Es war Daniellas Geburtstag! So eine Torte könnte sie ja für mich auch mal backen. Warum bekommen diese besonders leckeren Dinge immer nur die Menschen und ich nicht? Da bin ich ihnen dann schon ein bisschen neidisch. Das geht aber gleich wieder weg, denn Mensch möchte ich nicht sein, auch wenn sie mal etwas Leckereres bekommen als ich. Da sorge ich dann schon dafür, dass da immer wieder etwas für mich abfällt. Ich bin ja oft genug alleine in der Küche und sie vergessen es doch immer wieder, ihr Essen abzudecken, damit wir nicht drankommen. Aber wir Katzen sind ja nicht blöd und wissen genau, wir wir es machen müssen. Da wir so hoch und weit springen können, ist fast nichts wirklich sicher vor uns. Da sind uns die Hunde schon oft neidisch gewesen, wenn sie uns beobachten, mit was für einer Leichtigkeit wir auf die Tische und Schränke springen. Der Coffee ist für einen Hund ein recht guter Springer, aber so mit einem Satz auf den Tisch kommt er trotzdem nicht. Wenn er mich dabei beobachtet, sieht er mich voller Respekt an und bedauert, dass er das nicht kann. Aber wir Katzen haben halt einen besonderen Status auf dieser Erde. Wenn man dann noch bei so einer Familie wie ich sie habe landet, dann kann man sich besonders glücklich schätzen und ich gehe deswegen meiner Aufgabe, sie auch glücklich zu machen, gerne nach. Sie hören doch schon viel auf ihre Herzstimme.

Mit der Kopfstimme alleine kann der Mensch unheimlich grausam sein. Nicht nur der Mensch bekommt das zu spüren, auch wir Tiere sind davon betroffen. Man sieht das leider bei der Massentierhaltung oder auch bei Tierversuchen. Massentierhaltung und Tierversuche sind mit das Schrecklichste, was man uns Tieren antun kann. Solange es Menschen gibt, die keine Ehrfurcht vor anderen Lebewesen haben, werden sie ihnen auch keinen Respekt entgegenbringen. Menschen, die Haustiere besitzen, hören schon ein wenig mehr auf ihre Herzstimme und sind daher leichter zu überzeugen, dass es so wie bisher nicht weitergehen kann. Die Menschen könnten dafür sorgen, nicht wahllos Fleisch zu kaufen. Wenn es ihnen zu teuer ist, dann sollten sie einfach etwas weniger Fleisch essen. Die Tiere auf dieser Welt werden es ihnen danken. Zwar ist für viele Tiere deren Aufgabe, Lebensmittel für die Menschen zu sein, aber dafür gequält zu werden ist unerträglich. Kein Tier kommt für Tierversuche auf die Welt; die Menschheit hat auch bestanden, bevor wir in Laboratorien gequält wurden. Sterben müssen wir alle, aber bitte mit Würde! Wir haben davor keine Angst und wenn der Mensch seiner Herzstimme lauscht, wird er feststellen, dass auch er keine Angst haben muss. Jedoch möchte kein Lebewesen auf dieser Welt unnötig leiden!

Das war nicht immer so. Früher hörten noch mehr Menschen auf ihre Herzstimme! Aber je „zivilisierter" die Menschheit wurde, desto mehr überwog ihre Kopfstimme und die Menschen wurden immer grausamer zu uns Tieren. „Profit" ist ein Schlüsselwort in unserer jetzigen Zeit und das bekommen wir beide, Mensch und Tier, zu spüren. Massentierhaltung ist das Ergebnis der Gewinnsucht mancher Menschen.

Kapitel 11

Dazu kann Euch Vicky einiges berichten:
Die Massentierhaltung ist leider ein Phänomen unserer Zeit, die wohl hauptsächlich in der Profitgier auf der einen Seite und der Faulheit der Menschen auf der anderen Seite ihre Wurzeln hat. Beides sind aber keine Gründe, die diese Art der Tierhaltung entschuldigen würden und dennoch machen sich leider viel zu wenige Menschen ernsthafte Gedanken darüber. Kaum jemanden interessiert es, wie genau es in solchen Ställen aussieht, wie die Tiere dort leben, bis sie für uns sterben müssen. Meine Tochter machte sich jedoch diese Gedanken und in Zeiten des Internets kann man sich dort sehr viel Informationen nach Hause holen. Egal, wie man es dann dreht und wendet, und egal, wie man es versucht zu begründen, entschuldigen lässt es sich nicht und die Fleischindustrie und auch die Bauern brauchen sich in meinen Augen wirklich nicht zu wundern, wenn es immer mehr Menschen gibt, die lieber auf Fleisch verzichten, um nichts mit dieser Art der Tierhaltung zu tun haben zu müssen. Alleine wenn ich bei unseren Bauern in die Ställe gucke, kommen mir die Tränen. Da schauen einen Kühe an, die aneinandergereiht dastehen, alle an ihren Köpfen durch dicke Gitterstangen getrennt, in Reih und

Glied, vor ihnen ein langer, durchgehender Napf und immer zwischen zwei Tieren eine Trinkanlage. Menschen, die verlernt haben, auf ihre Herzstimme zu hören, denken sich vielleicht, na, den Tieren geht es doch dort nicht schlecht, ihre Grundbedürfnisse sind gedeckt. Sie haben ein Dach über dem Kopf und sind vor Wind und Wetter geschützt, bekommen genug zu fressen und zu saufen und den Dreck, den sie machen, der fällt gleich durch die Gitterstäbe nach unten, so dass sie nicht in ihrem eigenen Mist stehen müssen. Man fragt sich jedoch, ob die Tiere das überhaupt wollen.

Früher wurde eine Kuh als ein wichtiges Lebewesen angesehen, das die Menschen geachtet haben. Sie gab ihnen Milch und dafür durfte sie mit ihrem Kalb auf die Weide. Eine Kuh hat vier Euter und bekommt meist nur ein Kalb. Das heißt, ein Euter war für das Kalb und der Rest kann für die Menschen da sein. Eine Kuh kann bis zu 30 Litern Milch am Tag geben, kein Kalb würde so viel trinken. Würden die Menschen heute noch ihre Herzstimme sprechen lassen, würde man es nach wie vor so machen wie hier beschrieben. Doch was macht der heutige Mensch? Er favorisiert Massentierhaltung, ist stolz darauf, wenn er Hunderte von Kühen besitzt. Sie können nicht mehr laufen, denn das haben sie verlernt. Wenn eine Kuh ein Kälbchen bekommt, wird es aus dem Mutterleib herausgezogen und noch ehe sich die Mutter versieht, ziehen sie es an den Hinterläufen von der Mama weg in eine kleine Box. Muttermilch bekommt es verdünnt aus einem Kübel. Somit hat man Milch im Überfluss, die dann billig auf den Markt kommt. Wenn der Bauer mehr Geld will und es nicht bekommt, weil die Konkurrenz viel zu groß ist, wird die Milch lieber weggeschüttet.

Diejenigen Menschen allerdings, die zwar auch keine Ahnung von Kühen haben, aber gelernt haben, auf ihr Herz zu hören und einfach nur mal überlegen, wie Kühe in der Natur leben würden, denen wird ganz schwer ums Herz. Wie kann man die Tiere so halten, dass sie sich nur hinlegen und aufstehen, aber nicht drehen und wenden können? Alleine wenn man sich überlegt, es juckt sie am Bauch. Jeder von uns weiß, wie schlimm es ist, wenn man sich mal nicht kratzen kann! Sie können sich im Schlaf nicht auf die Seite legen und sie können nicht herumlaufen. Sie stehen Tag ein, Tag aus an ihrem Platz, bis sie irgendwann - ja, man kann es fast schon so nennen - sterben dürfen! Sind wir Menschen wirklich den Tieren voraus? Sind wir besser als Tiere? Würden Tiere andere Tiere so behandeln?

Aber das Schlimme ist, dass dies ja noch gar nicht das Ende des Grauens für die Tiere ist, sondern leider übertreiben wir Menschen ja so ziemlich alles und

deshalb geht es für die Tiere leider noch weiter. Nachdem sie dann ein nicht sehr artgerechtes Leben leben durften, wird ihnen natürlich auch kein würdevoller Tod mehr geschenkt.
Früher gab es natürlich weniger Menschen. Aber darf das eine Entschuldigung sein, sie so zu behandeln? Es gab noch Metzgereien, die selber schlachten durften. Das hatte mehrere Vorteile: Zum einen war die Anreise zum Schlachter nicht so weit, dass die Tiere schon halb tot dort ankamen. Die Anzahl der Tiere war überschaubar und der Metzger stellte sicher, dass die Tiere auch wirklich tot waren.

Dies ist leider allzuoft in den heutigen Schlachtbetrieben nicht mehr der Fall. Alles wird der Zeit geopfert, dem Geld und dem Konsum. Das bedeutet: die Tiere werden wie Waren behandelt. Man vergisst vor lauter Hektik, dass man es mit Lebewesen zu tun hat, die, wie alle wissen, die Haustiere haben, Gefühle besitzen. Es ist schon eine Sache zu sagen, das Universum ist ein Kreislauf und wir gehören alle dort hin. Das bedeutet bestimmt auch, dass wir alle füreinander da sind und vielleicht auch, so wie Coffee es schon beschrieben hat, dass die Tiere wissen, es ist ihre Aufgabe, uns zu ernähren. Aber gerade wenn das so ist, dann sollte man doch die Tiere so schlachten, dass sie wirklich sofort tot sind und auf keinen Fall leiden müssen. Das bedeutet vielleicht mehr Aufwand, mehr

Arbeit. Aber sollten es uns die Tiere nicht Wert sein? Muss man denn jeden Tag Wurst, Schinken und Fleisch essen? Ich bin mir sicher, ganz viele Menschen wären bereit, lieber auf etwas zu verzichten, lieber etwas mehr für das Fleisch zu bezahlen, aber zu wissen, dass die Tiere artgerecht gehalten wurden und bei ihrem Sterben nicht leiden mussten.

Vor nicht allzu langer Zeit zeigte ein Bericht im Fernsehen ein Nomadenvolk in der Mongolei, das fast ausschließlich von Fleisch lebt. Diese Menschen wissen aber ihre Tiere zu schätzen. Während ihres Lebens werden sie fast auf Händen getragen und wenn es dann soweit ist, dass es zur Schlachtung kommt, dann vertrauen die Tiere ihren Menschen und folgen ihnen bereitwillig. Die Ziege in diesem Bericht legte sich sogar schon freiwillig hin und es schien fast so, als warte sie auf den tödlichen Stich. Den Nomaden ist es ein Anliegen, sicherzustellen, dass wirklich alle Teile des Tieres genutzt werden, um dem Tier die Wertschätzung zu zeigen. Da gibt es keine Abfälle. So, finde ich, sollten auch wir in den industrialisierten Ländern handeln.

Wir sollten lernen, auf unser Herz zu hören, wie Coffee ja schon des Öfteren betonte, denn wenn wir das täten, würden wir nicht einfach Tiere zu Lebzeiten nur wie Waren behandeln, und beim Schlachten wären sie nicht einfach nur eines von vielen, egal ob es nun wirklich tot ist oder nicht, aufgeschnitten wird es jetzt trotzdem. Selbst wenn es noch lebte, ist es jetzt in jedem Falle „hinüber". So darf der Mensch einfach nicht denken!

Auf die ungesunden Stresshormone, die die Tiere dabei ausschütten und die wir schlussendlich zu uns nehmen, und auf die ungesunde Ernährung, die man den Tieren zukommen lässt, nur damit sie noch schneller noch größer werden, damit sie ja viel Fleisch geben, will ich hier gar nicht eingehen.
Eine Sache liegt mir dann aber doch noch sehr im Magen, die ich hier auch gerne ansprechen möchte. Wenn wir Menschen denken, wir seien höher zivilisiert als Tiere, warum orientieren wir uns dann an den Tieren und essen schon die jüngsten? In der Tierwelt sind sie, gemeinsam mit den alten Tieren, die leichtesten Opfer. Aber bei uns Menschen spielt dies ja keine Rolle. Wir können schlachten, egal, wie alt das Tier ist. Warum muss es dann ein noch so junges sein, dass wir es als Spanferkel, Lamm oder Kalb verzehren? Müssen wir wirklich immer nur an uns und unseren Genuss denken? Wobei: über Geschmack lässt sich bekanntlich ja nicht streiten. Aber kann der Mensch nicht doch einmal anfangen und mehr auf sein Herz hören? Wäre es dann nicht ein Leichtes, auch einmal auf etwas zu verzichten?

Kapitel 12

Nun aber zurück zu Amadeus:
Mein Leben ohne Garfield an meiner Seite ist manchmal ein bisschen langweiliger, denn er nahm mich doch des Öfteren mit auf seine Streifzüge außerhalb unseres Gartens, den ich alleine selten verlasse, denn hier rennen schon so viele Hunde und Katzen herum, denen ich nicht so recht vertraue.

Garfield war ja ein Jäger und er liebte es, durch Wald und Feld zu streunen. Natürlich hat er gerne vor einem Mauseloch gesessen und gewartet, dass eine Maus heraus kam. Oftmals saß er da für Stunden. Am Ende hatte es sich immer gelohnt, die Maus kam heraus und schwupp war sie in seinem Maul. Auch ich habe da immer meine Freude und mache das auch noch heute gern. Für Garfield ist die Zeit hier auf Erden vorbei und er beobachtet mich aus der Ferne. Er flüstert mir dann oft zu, worauf ich achten muss, denn er war zu seinen Lebzeiten der bessere Jäger. Nun werden mir die Menschen, die schon mehr auf ihre Herzstimme hören, sagen: wie kannst Du nur die Mäuse jagen und dann töten! Du bekommst doch dein Futter von deiner Menschenfamilie! Dazu muss ich folgendes erklären: Wie ich ja schon mehrmals erzählte, sind wir aus ganz bestimmten Gründen hier auf dieser Erde. Wir sind nicht dazu da, auf die Welt zu kommen und ein ruhiges Leben zu führen, um schließlich einfach wieder zu sterben. Damit hätten wir unsere Aufgabe nicht erledigt. Stellt Euch vor, Ihr kommt auf die Welt, macht in Eurem Leben nichts anderes als essen, trinken und schlafen, fallt damit anderen zur Last, die das, was Ihr zum Leben braucht, erst erarbeiten müssen. Ihr könnt weder schreiben noch lesen, noch könntet Ihr die kleinste Tätigkeit verrichten und wenn Ihr dann alt seid, sterbt Ihr. Was würdet Ihr zu diesem Leben sagen? Dieser Mensch hat sein Lebensziel nicht erreicht! Er hat nichts gelernt und nicht gearbeitet, war für andere Menschen nur eine Belastung. Wozu ist er auf der Welt gewesen? Er war vollkommen umsonst auf dieser Welt. So würdet Ihr über ihn urteilen, weil Euch bewusst ist, dass man im Leben etwas lernen soll. Die Kopfstimme verlangt das von Euch. Die Herzstimme verlangt auch einiges, aber die ignoriert Ihr erst mal.

Wir, die Tiere haben in erster Linie die Herzstimme, unsere Kopfstimme ist nur sehr begrenzt vorhanden, da wir sie nicht mehr so sehr benötigen. Die Maus, die wir fangen, ist sich ihrer Aufgabe im Leben bewusst und dazu gehört, dass sie für uns eine Nahrungsquelle ist. Jedes Insekt ist potenzielle Nahrung für Vögel.

Viele Tiere haben mehrere Aufgaben auf dieser Erde zu bewältigen. Nehmen wir als Beispiel einen Wurm. Er gräbt die Erde um und kann davon leben, und er ist Nahrung für den Vogel. Stellt Euch mal vor, alle Würmer würden überleben und, wie Ihr sagt, eines natürlichen Todes sterben. Wie lange sollen sie leben? Jede einzelne Tiergattung würde die Erde überbevölkern. Der Mensch wäre gar nicht in der Lage, auf der Erde zu leben, denn Tiere würden ihm den Lebensraum streitig machen.

Fressen und gefressen werden ist nicht nur ein Sprichwort von Euch, sondern für uns Tiere eine Realität. Katzen brauchen Mäuse nicht mehr als Futter zum Überleben, da unsere Menschen uns heute mit Fertigprodukten verwöhnen. Aber um gesund zu bleiben, fangen wir uns noch ab und zu eine Maus. Würden wir es nicht tun, hättet Ihr eine ungeheure Mäuseplage. Wo zu wenig Katzen sind, streut Ihr ja auch Gift aus. Wenn wir mit einer Maus noch spielen, bevor wir sie töten, so ist das nicht wie Ihr denkt zum Spaß. Es ist kein Spiel, sondern ein Ritual, es gehört dazu. Auch wenn wir einen Vogel fangen, gefällt das manchen Menschen nicht, weil doch die Vögel so niedlich sind. Doch auch da muss eine natürliche Auslese stattfinden: Ein gesunder Vogel lässt sich von keiner Katze fangen.

So brutal, wie manche Menschen sein können, ist kein Tier, auch wenn so mancher Mensch dies behauptet. Tiere sind statt mit einer Kopfstimme mit Instinkten ausgestattet, um überleben zu können. Denn wir wollen unsere Aufgabe auch erledigen, bevor wir wieder auf die andere Seite gehen. Doch unsere Aufgaben erledigen wir mit Hilfe der Herzstimme. Sie, die ja mit der Seele verbunden ist, kann nicht grausam sein, weder bei den Menschen noch bei den Tieren. Doch solange die Menschen das nicht begreifen, wird mehr auf die Kopfstimme gehört. Diese ist heute noch im Vordergrund, aber nicht mehr lange, denn die Menschen können immer mehr sehen, was sie damit anrichten. Der heutige Konsum ist nicht mehr lange tragbar. Doch dadurch, dass einige wenige Menschen auf dieser Erde immer reicher werden, werden andere immer ärmer. Das derzeitige Konsumverhalten der Menschen funktioniert nur so lange, wie Menschen das nötige Geld haben, um all die Dinge, die angeboten werden, auch kaufen zu können. So viele Lebensmittel, auch Fleisch von Tieren, werden in der westlichen Welt einfach weggeworfen. Das ist ein wirklicher Frevel, den immer mehr Menschen erkennen. Die Herzstimme meldet sich immer mehr ungefragt und der Mensch beginnt langsam, sie nicht mehr so rigoros zu ignorieren.

Bei genau solch einer Familie bin ich ja gelandet. Menschen, die Katzen und Hunde haben und noch so einiges an Tieren, sind da leichter von ihrer Herzstimme zu überzeugen. Meine Familie wohnt in Neapel, da Holger hier arbeitet, aber sie fahren immer wieder auf ihren Hof nach Deutschland wo auch Oma und Opa wohnen, und nehmen uns alle dorthin mit. Da trifft man dann auch noch andere Tiere auf den Weiden. Meine Familie hat ja auch noch die Pferde, die ich schon ausgiebig kennengelernt habe. Doch bei einem meiner Streifzüge habe ich auch Kühe getroffen. Die haben es bisher leider noch nicht so schön wie ich.

Zwar fangen die Menschen langsam an und hören auf ihre Herzstimme, manche sind auch bereit, mehr für die Milch zu zahlen, wenn die Kuh artgerecht gehalten wird. Das heißt, dass sie tagsüber auf der Weide sind. Jedoch wäre es schön, wenn ein Kalb bei der Mutter bleiben dürfte, solange es noch kein Gras fressen kann. Auch deshalb müssten Menschen mehr für Milch bezahlen. Was ich auch nicht verstehe ist, warum man ein kleines Kalb schlachtet. Dafür ist dieses Kalb nicht zur Welt gekommen! Es reicht doch, wenn man Fleisch von einem erwachsenen Rind isst. Ein Rind weiß, dass es auf die Erde kommt, um Nahrung für den Menschen zu sein. Aber es erwartet eine anständige Behandlung während seines Lebens und einen ebenso anständigen Tod.

Wir wissen alle, dass wir sterben, keiner von uns möchte zu lange oder gar ewig auf dieser Erde leben. Wir wissen, wo unsere Seele hinkommt. Das Fleisch und das Fell können auf der Erde verbleiben und dem Menschen dienen. Wir wollen auch gar nicht an Altersschwäche von alleine sterben. Wenn wir durch Krankheiten sterben müssen, sind wir froh, eingeschläfert zu werden, um nicht leiden zu müssen.

Da haben es sich die Menschen weitaus schwerer gemacht. Das kommt davon, dass sie nicht wissen, wo ihre Seele hinkommt und deshalb haben sie Angst vor dem Sterben.

Das ist ja bei uns nicht so. Manche Menschen sind Vegetarier, weil sie nicht möchten, dass wir Tiere für sie sterben müssen und weil wir ihnen leid tun. Mitleid ist aber gar nicht notwendig. Sie sollten lieber dafür sorgen, dass wir Tiere während unsers Lebens nicht gequält werden und leiden müssen. Dafür kommen wir nämlich nicht auf die Welt! Dass passierte früher auch nicht, als die Menschen uns als Tiere behandelten, die für sie da sind. Erst mit dem Profitdenken und dem übermäßigen Verzehr von Fleisch sind die Menschen so grausam zu uns geworden. Das fast alleinige Kopfdenken einiger Menschen hat das aus ihnen gemacht. Nicht nur uns Tieren gegenüber sind Menschen grausam, auch ihresgleichen behandeln sie so.

Das sind Menschen, die vergessen haben, was ihre Aufgabe im Leben ist.

Das alles hat mir die nette Kuh auf der Weide erzählt, der es ja schon wesentlich besser geht als den meisten Kühen. Wenn ich das so mitbekomme, wie man heutzutage mit diesen armen Kühen umgeht, können Sie einem richtig leidtun, das haben sie doch wirklich nicht verdient. Kommen auf die Welt, um den Menschen satt zu machen, und als Dank werden sie dann so behandelt. Da wird es echt Zeit, dass sich das ändert.

Was die Menschen scheinbar überhaupt nicht wissen ist, dass sie mit der Kopfstimme keinen freien Willen haben. Die Kopfstimme handelt nach Ursache und Wirkung. Nur so habt die Menschheit ihren Fortschritt erzielt. Da kommt nicht die Frage auf, **ob** man eine Erfindung macht, sondern **wie** man sie macht. Die Herzstimme verfügt über den freien Willen und das ist auch ganz richtig so. Nur wer nach seinem Herzen entscheidet, kann abwägen, ob man es so machen kann oder anders. Die Kopfstimme lässt keine Gefühle zu, weswegen viele Menschen so „kaltherzig“ sind. Dieses Wort „kaltherzig“ sagt doch einiges aus! Die Herzstimme hat sie kalt gelassen, sie hören sie nicht.

Trotzdem bilden sich aber auch diese Leute ein, sie hätten einen freien Willen. Dabei gehorchen sie nur den Gesetzmäßigkeiten. Sie stehen am Morgen nicht auf, weil sie ihrem freien Willen gehorchen, sondern weil sie in die Arbeit müssen. Arbeiten müssen sie, um Geld zu verdienen und so weiter und so fort. Da aber der Mensch das machen muss, um zu überleben und zu lernen, hat man ihnen beides gegeben, die Kopfstimme zum Überleben und den damit verbundenen Fortschritt einerseits, andererseits die Herzstimme um zu begreifen, dass man die Erde nicht ausplündert, sondern sie lieben lernt. Die Kopfstimme hilft da nicht weiter und da sie viele Menschen im Übermaß benützen, lernen sie nur die eine Seite der Medaille kennen. Für die andere, ebenso notwendige Seite sind sie als Kopfmenschen nicht mehr erreichbar.

Wir Katzen haben es doch viel besser. Was brauch' ich eine ausgeprägte Kopfstimme? Mir reicht meine Herzstimme. Das bisschen Hirn, das ich habe, reicht, um in schlechten Zeiten überleben zu können. Solange ich meine Familie habe, sorgt sie für mich und ich kann den schönen Dingen des Lebens nachgehen. Einfach so in der Sonne liegen oder vor dem Ofen, wenn es draußen kalt ist. Was gibt es schöneres! Ach, es gibt eigentlich nur schönes, wenn ich es mir genau überlege. Die Nacht zum Tage zu machen ist uns möglich, da wir in der Nacht genauso gut sehen können wie

am Tage. Da sind wir Katzen unter uns, denn alle Tiere um uns herum schlafen da die meiste Zeit.
Auf unserem Hof gefällt es mir in der Nacht besonders gut. Dort habe ich mein Territorium, um den Hof herum genau abgesteckt. Das war am Anfang, als wir dort hinkamen, nicht ganz einfach, da die Nachbarskatzen meinten, er gehöre ihnen. Da haben wir uns dann sehr lautstark miteinander ausgetauscht und ich machte ihnen klar, dass hier meine Familie wohnt. Meine Stimme war wohl doch sehr stark und aussagekräftig, denn wir trennten uns ohne eine körperliche Auseinandersetzung. Von nun ab, immer wenn wir kommen, verziehen sie sich.

Unser Speicher ist einer meiner Lieblingsplätze! Da laufen einem die Mäuse sozusagen fast ins Maul, blind, wie sie zu sein scheinen. Die werden mir oftmals zu viel und ich schenke sie meiner Familie. Ganz glücklich sehen sie aber dabei nicht aus, wenn sie morgens in den Innenhof kommen und sehen, was ich ihnen da hingelegt habe. Manchmal raffe ich mich auf und verspeise mein Jagdergebnis, aber den Kopf überlasse ich dann doch meiner Familie. Den kehren sie dann auf eine Schaufel und werfen ihn weg. Coffee und Flora lassen die Mäuse auch links liegen. Sie schauen sie ganz verächtlich an und gehen weiter, als wenn sie nicht daliegen würden. Nelly kennt das ja schon seit Jahren, denn wo immer wir gewohnt haben, brachte ich meiner Familie die Mäuse als Geschenk. Sie schaut sie jedoch noch nicht einmal an. Das ist schon ein bisschen arrogant, würde ich sagen, wenn man so gar nicht schätzt, was ich ihnen da bringe. Aber ich gebe nicht auf. Irgendwann werden sie doch noch mal froh darüber sein. Man weiß ja nie was kommt!

Auf unserem Hof bin ich sehr zufrieden, aber bisher ging es immer wieder zurück nach Neapel. Dort bin ich ehrlich gesagt nicht so gerne, aber weil ich gerne mit meiner Familie zusammen bin, komme ich mit. Auf dem Hof wären ja Oma und Opa, aber ich weiß, wie sehr ich da all den anderen fehlen würde. Julia hat solange gebraucht, um Garfields Tod zu überwinden, da bleib ich schon in ihrer Nähe, auch wenn es in Neapel nicht so schön ist. Julia geht es ja nicht anders, ihr gefällt es auf dem Hof auch besser. Aber meine Menschenfamilie sagt, es dauert nicht mehr allzu lange und dann bleiben wir dort.

In Neapel mag ich die Streunerkatzen nicht so gern, vor allem nicht den Brülli. Der versucht alles, um in unsere Familie aufgenommen zu werden. Es würde ihm auch gelingen, wenn er Nelly und mich akzeptieren würde. Aber immer wieder bekommen Nelly oder ich von ihm eine gewischt. Letztes Mal hat Nellys Nase sogar geblutet. Da hat sie ihn aber böse angebellt.

So ist sie sonst nie und lässt sich ziemlich viel gefallen, aber das ging selbst ihr zu weit. Vicky nimmt dann Brülli, setzt ihn vor die Tür und sagt zu ihm: so nicht, mein Freund, die gehören zu meiner Familie und wenn du das nicht akzeptierst, bleibst du eben draußen. Da bin ich dann immer heilfroh, denn auch zu mir ist er ganz hinterhältig. Wenn wir draußen alleine und seine anderen Kumpane um ihn herum sind, versucht er, mich von unserem Garten zu verscheuchen. Mit ihm alleine würde ich vielleicht noch fertig werden, aber so eine ganze Meute ist mir dann doch zuviel.

Deshalb gehe ich in der Nacht so gut wie nie raus. Hier habe ich mir angewöhnt, nachts zu schlafen, denn tagsüber schlafen die meisten Streunerkatzen und ich kann wenigstens in Ruhe unseren Garten genießen. Weit weg von hier mag ich sowieso nicht gehen, sonst passiert mir womöglich noch das Gleiche wie Garfield. Nicht, dass ich Angst habe zu sterben, aber meine Familie braucht mich noch. Wenn ich da nur an Julia denke, die muss so etwas nicht schon wieder erleben. Die Menschen trauern ja nicht, weil man gestorben ist, sondern weil sie einen vermissen. Da haben wir Tiere es schöner: Wenn wir jemanden vermissen, dann können wir uns mit demjenigen in Verbindung setzen. Das können ja nur wenige Menschen!

Mit Coffee und Flora komme ich jetzt gut zurecht. Sie sind ja unheimlich lieb. Die mögen mich wirklich, obwohl ich es ihnen am Anfang, als sie zu uns kamen, nicht leicht gemacht habe. Sie begegnen mir deshalb immer noch mit einem gewissen Respekt. Was ja nicht verkehrt ist, denn sie müssen schon wissen, wer hier das Sagen hat. Ich bin in der Rangordnung auf jeden Fall vor ihnen. Wir wissen zwar, dass unsere Familie uns ernährt und wir dafür dankbar sein müssen, aber wir entscheiden, wer uns was zu sagen hat, oder wem wir gehorchen. Wir schenken ihnen dafür unsere Liebe und machen sie glücklich.

Die Hunde in unserer Familie dagegen erkennen ihre eigene Rangordnung, die hinter den Menschen liegt. Dass auch ich vor ihnen stehe, ist ihnen bewusst. Heute lasse ich sie gewähren, dass sie mir näher auf den Pelz rücken, weil ich erkannt habe, dass sie mich mögen. Es ist schon erstaunlich, wie sie so ohne irgendwelche Probleme dem Menschen gehorchen. Bloß manchmal beim Bellen, da sind sie so beschäftigt, stehen am Tor und bellen alle drei wie die Verrückten. Da dringt kein normales Wort an ihr Ohr, vielleicht schon deswegen nicht, weil sie so laut sind, dass sie gar nichts hören können. Nur wenn Vicky ganz laut ruft und gleichzeitig böse klingt, gelingt es ihr, das Gebell abzustellen. Man wünscht sich manchmal wirklich einen Knopf, auf den man drücken kann, um sie zur Ruhe zu bringen. Aber es scheint ihnen so einen Spaß zu machen, dass es ihnen egal ist, ob das einen anderen stören könnte. Wenn sie mal alleine draußen sind, lässt ihnen Vicky das auch durchgehen. Schließlich sollen auch sie ab und zu mal ihren Spaß haben.

Coffee und Amadeus sind bisher die einzigen Tiererzähler gewesen und schildern das Leben aus ihrer Sicht. Lassen wir doch Nelly auch einmal etwas erzählen!

Kapitel 13

Ich bin eine Hündin aus der Rasse der Golden Retriever und meinen Namen kennt ihr ja schon. Vor elf Jahren kam ich zu meiner Menschenfamilie. Sie bestand damals aus Holger, Vicky, Daniella und Julia. Außerdem war da noch ein Hase. Julia war noch ein kleines Baby und zu ihr fühlte ich mich gleich hingezogen, da ich ja auch noch ein Baby war. Daniella war auch noch kleiner und auch sie mochte mich sehr gern. Ich fühlte mich vom ersten Augenblick in meiner kleinen Familie sehr wohl. Alles drehte sich erstmal nur um mich, was mir sehr gut tat, nachdem ich ja meine Mama verlassen musste. Nach ein paar Wochen fuhren wir nach Bayern und ich lernte dort Oma und Opa kennen. Damals wusste ich noch nicht, dass die auch zu unserer Familie gehörten und ich noch sehr viel mit ihnen zusammen sein werde. Wie groß unsere Familie später werden würde, war mir zu diesem Zeitpunkt nicht klar und dementsprechend machte ich mir darüber auch keine Gedanken.

Meine Kindheit war wunderschön. Ich wuchs zu einer sehr schönen Hündin heran. Jeder, der mich sah, war ganz begeistert von mir, worüber ich mich bei allen damit bedankte, dass ich zu ihnen hochsprang und mich an ihnen festhielt. Solange ich klein war, gefiel ihnen das, aber als ich größer und größer wurde, wollten sie das nicht mehr. Das dauerte dann eine ganze Weile, bis ich es mir abgewöhnt hatte. Heute stehe ich nur noch da und wackele mit meinem ganzen Körper.

Ich wurde auch im Auto überall mit hingenommen, was mir eigentlich weniger gefiel. Irgendwie vertrug ich es nicht so gut, aber was blieb mir übrig? Wenn ich mit ihnen zusammen sein wollte, musste ich da durch, denn ohne Autofahren geht es bei meiner Familie nicht. Als wir in Belgien wohnten, hatte ich ein schönes Plätzchen im ersten Stock unseres Schlafzimmers. Da ging das Fenster bis zum Boden und ich konnte die ganze Straße übersehen. Jeden Tag um die gleiche Zeit ging ein Königspudel an unserem Haus vorbei. Den bellte ich jeden Tag an, der war mir nicht geheuer. Der Platz an meinem Fenster war so schön, dass ich es bevorzugte, nicht immer mit meinem Frauchen Vicky mit dem Auto unterwegs zu sein. Ich bewegte mich nicht von meinem Platz, wenn sie fahren wollte. Irgendwann verstand sie es und ließ mich zu Hause. Aber wenn wir spazieren gingen, war ich immer ganz freudig dabei. Dort gab es Hasen, nicht wie unserer in einem kleinen Gehege, sondern die liefen frei herum. War das eine Freude, hinter denen her zu hechten. Nicht, dass ich jemals einen erwischt hätte, die waren wesentlich schneller als ich, aber ich wollte sie ja letztendlich auch gar nicht erwischen.

Das ist mir nämlich vorher schon zwei Mal passiert: Da hatte ich die Viecher im Maul und brachte sie meiner Familie. Nicht, dass die Viecher tot waren, nein, ich brachte sie ihnen lebendig. Ich kann sie so vorsichtig ins Maul nehmen, dass ihnen nichts passiert. Trotzdem waren sie nicht begeistert von meinem Fang. Einmal war es, wie sie sagten, ein Maulwurf. Das war nicht weiter schlimm, den buddelten sie einfach wieder in das Loch zurück, von wo aus er heraus kam, als ich ihn erwischte. Stundenlang saß ich vor dem Loch bis er kam, und die steckten ihn jetzt einfach wieder dahin zurück. Da möchte man den Menschen eine Freude machen und das war dann der

Dank dafür! Ich erwischte den Maulwurf am nächsten Tag noch einmal. Da war er so geschwächt, dass er bei Holger nicht mehr lebend ankam. Das habe ich aber nicht absichtlich getan, es war einfach ein Unfall.

Das zweite Mal war es bei unserem Nachbarn. Da lief so ein kleiner, stolzer Hahn immer am Zaun entlang und nervte mich. Mit der Zeit wurde mir das zu blöd und ich sprang über den kleinen Zaun und packte ihn mir. Ich brachte ihn wieder zu mir nach Hause und legte ihn Vicky und Holger vor die Füße. Der Hahn beutelte sich ein bisschen, plusterte sich auf und gackerte mich an. Vicky und Holger mussten lachen, nahmen ihn und trugen ihn zurück über den Zaun. Dort machte er sich lautstark von dannen. Der Nachbar aber hatte meinen Diebstahl bemerkt und beschwerte sich ganz bitterlich darüber. Schließlich war der Hahn ein Weihnachtsgeschenk und ein ganz edles, fremdartiges Tier, das er nie wieder bekommt, hätte er meinen Übergriff nicht überlebt. Der Hahn hatte es aber geschafft, denn schließlich habe ich ihn ganz zart in mein Maul gesteckt. Ich bin ja ein Retriever. Das liegt uns ja sozusagen im Blut, dass wir so vorsichtig unsere Beute in unser Maul stecken.

Um wieder auf meine Hasenjagd zurückzukommen: das hat mir immer mächtig Spaß gemacht, hinter denen her zu rennen. Wie gesagt, leider habe ich nie einen erwischt. Damit war aber das Gassigehen immer ein besonderes Erlebnis. Leider gibt es diese Menge an Hasen nicht überall. Seit dieser Zeit habe ich nie wieder welche gesehen, nur ihre Löcher, in denen sie sich vergraben, habe ich immer wieder mal erschnüffelt. Wenn ich dann dort gebuddelt habe, hat sich Vicky nicht unbedingt darüber gefreut, denn ich war dann immer unheimlich dreckig. Zu Hause hat sie mich dann immer erst mit dem Schlauch abgespritzt, bevor ich das Haus wieder betreten durfte.

Gassi gehen ist für uns Hunde ja immer ein Erlebnis und ich kann gar nicht genug davon bekommen. Aber meine Familie sieht das anders. Sie gehen mit mir spazieren, je nachdem wie viel Zeit sie haben. Mal länger, mal kürzer und manchmal soll mir der Garten alleine genügen. Wenn jemand von der Familie im Garten ist und mit mir spielt, ist das auch in Ordnung. Doch ab und zu stehe ich da alleine in dem großen Garten - Garfield und Amadeus sind in diesem Moment auch keine richtigen Spielgefährten - und weiß gar nicht, was ich jetzt anfangen soll. Da ich gut springen kann, ist es für mich immer ein Leichtes, mal kurz über den Zaun zu springen und auf eigene Faust auf Wanderschaft zu gehen.

Das gefiel eigenartiger Weise meiner Familie nicht so besonders, was ich gar nicht verstehen konnte, denn

ich hatte doch die Muße, in aller Ruhe meine Streifzüge zu unternehmen. Ich verstand ja, dass sie nicht immer Zeit hatten, aber ich hatte sie doch.
Man sagt ja Tieren im Allgemeinen, aber uns Hunden im Besonderen, nach, wir hätten nicht das Hirn, vorauszudenken und Zusammenhänge zu erkennen. Da geht es um typisches Kopfdenken, und das ist bei uns Tieren lange nicht so ausgeprägt wie bei den Menschen. Das ist auch der Grund, warum der Mensch meint, er wäre die Krone der Schöpfung, denn mit seinem Gehirn kann er wesentlich mehr als wir Tiere. Doch ist in diesem Buch ja schon mehrfach beschrieben worden, dass das Gehirn und damit das Kopfdenken nicht Überhand nehmen darf. Im Idealfall sollte es 50 zu 50 stehen, also 50 Prozent Kopfstimme und 50 Prozent Herzstimme. Im Moment sieht es aber auf dieser Erde so aus, dass 90 bis 95 Prozent Kopfstimme benützt werden und nur zu fünf bis zehn Prozent die Herzstimme zum Zuge kommt. Durch dieses Ungleichgewicht ist unsere Erde in so einem schlimmen Zustand. Das war nicht immer so, aber seit der Industrialisierung ist es immer schlimmer geworden. Seit der Mensch durch den Fortschritt zu immer mehr Wohlstand gekommen ist, unterdrückt er mehr und mehr seine Herzstimme, denn die Kopfstimme hat ihn zu dem heutigen Menschen gemacht. Je mehr Fortschritt sie in der Wirtschaft erzielten, desto mehr

Wohlstand entstand und dabei haben Viele ihre Seele verkauft.
Jetzt muss ich wieder zurückkommen auf unser Gehirn und unsere Kopfstimme. Ich kann durchaus erkennen, was meine Familie von mir will und was sie nicht so schätzen. Wenn zum Beispiel Vicky mich in den Garten lässt, dann steht sie am Fenster und beobachtet mich, ob ich wieder alleine spazieren gehen möchte. Aber ich beobachte sie genauso. Solange sie am Fenster steht, bin ich ganz beschäftigt im Garten. Ab und zu schaue ich nach, ob sie mich noch beobachtet. Erst wenn ich mir sicher bin, dass sie nicht mehr nach mir schaut, springe ich ganz schnell über den Zaun. Wenn ich dann zurückkomme, springe ich wieder in den Garten und benehme mich ganz unauffällig, als wäre ich nie weg gewesen. Ich habe aber schon gemerkt, dass das nicht viel bringt. Sie wissen schon, dass ich nicht die ganze Zeit im Garten war. Aber außer ein paar Bemerkungen passiert nichts und sie sind mir auch nicht böse. Nur wenn mich ein Nachbar nach Hause bringt, lieben sie das nicht besonders und ich verschwinde dann auch gleich.

Auf unserem Hof, auf dem wir den ganzen Sommer über leben, ist das ganz anders. Da gefällt es mir bisher am besten und ich kann Euch versichern, dass ich da so einiges an Erfahrungen habe. In Neapel gefällt es mir am wenigstens, da geht es mir wie Amadeus.

Wir haben einen großen Garten, da bin ich ständig auf der Jagd nach Eidechsen, die sich unter großen Steinen verstecken. Dort habe ich schon Steine versetzt, bis ich mir eine blutige Nase holte. Außerdem darf ich jedes Mal mit zu den Pferden. Da darf ich dann frei herumrennen, wie es mir gefällt. Auch dort sind jede Menge Eidechsen, die ich aber auch nie erwische, was mir letztendlich egal ist, Hauptsache ich kann sie jagen. Was mich in Neapel aber am meisten nervt, ist der Wind. Der macht mir irgendwie Angst. Ich kann auch nicht sagen warum, aber ich fühle mich einfach im Wind nicht wohl. Am liebsten liege ich dann in Vickys Auto, da habe ich einen guten Überblick.

Die Streunerhunde im Stall sind alle nett, die fühlen sich dort zu Hause und werden von den Stallbesitzern auch gefüttert. Wir respektieren uns gegenseitig und kommen uns nicht ins Gehege. In unserem Garten allerdings haben wir einige von den Streunerkatzen, die mir freiwillig aus dem Weg gehen, bis auf einen Kater, den ihr schon kennt, den Brülli. Der hat seinen Namen von meiner Familie bekommen, weil er am Anfang immer gebrüllt hat, bis er auf den Schoß eines Familienmitglieds genommen wurde, wenn meine Familie im Garten saß. Vicky meint, dass vielleicht die Vorbesitzer ihn als ihre Hauskatze hatten und ihn dann einfach zurückgelassen haben, als sie aus dem Haus auszogen. Wenn das der Fall ist, ist das wirklich unglaublich böse von diesen Menschen. Wie kann man nur so lieblos mit Tieren umgehen? Aber wir haben ja schon herausgefunden, woran das liegt. Mit ihrer Herzstimme hätten sie es bestimmt nicht gemacht, aber mit der Kopfstimme ignorieren sie ein Tier einfach. Aber was macht man jetzt mit so einem Kater? Vicky würde ihn ja gern mitnehmen, wenn wir schließlich permanent auf unserem Hof leben. Aber wenn er sich bis dahin weiter so Amadeus und mir gegenüber benimmt, wird das keine Freude für uns Beide sein. Wer weiß, vielleicht lernt er ja noch, dass wir ihm nichts tun und wird dann auch friedlich zu uns sein. Wir Tiere benutzen ja unsere Herzstimme zu etwa 95 Prozent und die Kopfstimme nur zu fünf Prozent. Also genau anders herum wie ihr Menschen. Wir haben dann noch unseren Instinkt, der aber auch über das Gehirn gesteuert wird. Dieser Instinkt ist es wohl, der bei Brülli anzeigt, dass wir für ihn gefährlich sein können. Ein Jahr hat er ja noch Zeit, vielleicht werden wir ja doch noch Freunde.

Unsere Familie hat sich enorm vergrößert, seit ich zu ihr kam. Vor Amadeus und Garfield hatten wir zwei Wellensittiche. Da Vicky ja keine Tiere in Käfigen mag, durften sie tagsüber im Wohnzimmer frei herumfliegen. Den Dreck, den diese Beiden machten, kann man sich ja vorstellen! Aber damit ist Vicky noch fertig geworden. Doch der Lärm wurde der ganzen

Familie zu viel. Schon gleich am Morgen, obwohl sie noch ihre Decke über dem Käfig hatten, plärrten sie lauthals. Vicky braucht am Morgen die Stille, die es aber, als wir die Vögel hatten, nicht mehr gab. Nachdem sie auch immer frei herumfliegen konnten, waren sie auch nicht auf den Menschen fokussiert. Als es sich per Zufall ergab, dass ein Arbeitskollege für seine Kinder zwei Wellensittiche kaufen wollte, sah Vicky ihre Chance. Sie schenkte die Wellensittiche mitsamt dem Käfig diesem Arbeitskollegen. Ihre Meinung nach dieser Episode war, dass sie zwar Tiere liebt, aber sie möchte kein Tier mehr, dass in einem Käfig leben muss, um bei Menschen sein zu können. Vögel sind in der Freiheit viel schöner und man kann sie auch da beobachten, man muss sie nicht zu Hause haben. Das Gleiche gilt ihrer Meinung nach auch für Hasen. Wir hatten auch mal zwei Hasen, und die bekamen einen wunderschönen Stall mit Gehege. Irgendwann war ein Hase verschwunden und schließlich auch der zweite. Plötzlich waren sie weg und keiner wusste, wo sie abgeblieben waren, obwohl die Familie die ganze Nachbarschaft absuchte. Alles war möglich: Vielleicht hat sie ein Raubvogel geholt oder irgendjemand wollte Hasen und konnte sie sich nicht leisten. Für einen Erwachsenen war es kein Problem, über den Zaun in den Garten zu kommen. Man konnte die Hasen von der Straße aus sehen. Es waren ja zwei schöne Häschen, ein schwarzer und ein weißer mit Schlappohren. Also, wie gesagt, für Vicky kamen jetzt weder Vögel noch Hasen als Haustiere in Frage. Beide, die Vögel und die Hasen, haben auch ganz schön viel kaputt gemacht. Die Vögel hatten alle Vorhang-stangen rundherum angeknabbert und die Hasen haben ein Ledersofa ruiniert, in das sie Löcher reingebissen haben. Da hat Vicky schon recht, solche Tiere sollte man nicht unbedingt in einem Haus halten. Da sind wir Hunde schon einfacher. Aber sie hat halt zunächst auch geglaubt, dass Hasen und Vögel einfacher zu halten sind. Wie man sieht, muss jeder seine Erfahrungen selber machen. Mir war es ja egal, mich haben sie nicht weiter gestört. Aber Hasen jagen auf dem freien Feld ist auf jeden Fall weitaus schöner.

Aber wenn Ihr denkt, jetzt würde Ruhe bei uns einkehren, dann habt Ihr Euch genauso getäuscht wie ich. So schnell konnte ich gar nicht schauen, da waren zwei kleine Kätzchen mit dazu gehöriger Mama in unserem Wintergarten einquartiert. Ganz klein waren sie noch und hätten ohne Mama nicht überlebt. Eine Bekannte von Vicky brachte sie in einer Schachtel zu uns. Die Mama war wohl eine Streunerin und Vicky und ihre Bekannte verblieben so, dass Vicky ein Kätzchen behält, das sie Amadeus nannte, die Streunerin behält ihre Bekannte, und für das andere Kätzchen werden sie auch noch einen Platz finden. Sieben Wochen lang hatten wir alle drei bei uns und dann wurde die Mama und ein weiteres abgeholt und wer jetzt denkt, wir hätten jetzt ein kleines Kätzchen in unsere Familie aufgenommen, der irrt sich wieder, so wie ich. Noch am selben Tag kam ein mir vollkommen fremdes, weiteres Kätzchen in unsere Familie. Wie ich dann so mitbekommen habe, war das schon längst besprochen. Dieser kleine Garfield war bei einer anderen Familie auf die Welt gekommen und Vicky und die Kinder hatten Garfield schon reserviert, bevor die andere Katzenfamilie in unseren Wintergarten kam. So hatten wir jetzt zwei neue Mitglieder in unserer Familie. Garfield, ein ingwerfarbener, und Amadeus, ein grauschwarz-gestreifter Kater. Bevor Vicky mit ihnen zum Tierarzt ging, dachte sie, Garfield sei eine Kätzin und gab ihr den Namen Rosalie. Doch der Irrtum wurde schnell aufgeklärt und er wurde Garfield genannt.

Amadeus hatte von Anfang an eine besondere Beziehung zu mir. Ich wurde sozusagen seine Ersatzmama. Garfield mochte mich auch, aber er brauchte scheinbar keine Ersatzmama. Amadeus dagegen war immer überglücklich, wenn er sich an mein Fell kuschelte und dort einschlief. Auch heute noch begrüßt er mich, wenn er nach Hause kommt, mit Streichlern um meinen Kopf und meiner Schnauze herum, was mir aber, wenn er gar nicht mehr aufhören will, zu viel wird.

Da muss ich aufstehen und mich woanders hinlegen, dann begreift er es, dass er aufhören soll.

Zwei weitere neue Mitglieder habe ich zunächst erst gar nicht richtig bemerkt. Ich durfte immer mit in einen Stall fahren. Dort ist Julia auf kleinen Ponys geritten, was ich gar nicht so mitbekommen habe. Nur bei schönem Wetter, wenn sie draußen auf dem Reitplatz waren, konnte ich das sehen. Später ging es in einen anderen Stall. Da fiel mir auf, dass Vicky und Julia sich immer um die zwei gleichen Ponys gekümmert haben. Die wurden geputzt und gefüttert und geritten. Ich durfte dabei immer frei herumlaufen, was mir natürlich gut gefiel. Da habe ich erst gar nicht verstanden, dass die zu unserer Familie gehören sollen. Ich bin ja immer wieder mit meiner Julia, Vicky und Oma, die mich im Auge behielt, nach Hause gefahren. Die beiden Pferde aber blieben immer zurück im Stall.

Doch eines Tages ging es wieder an einen anderen Ort. Für mich war das der vierte und für die Katzen der dritte Wechsel. Doch diesmal war es anders. Die Pferde wurden in einen Lkw verfrachtet. Die Katzen und auch ich, wir waren von den Pferden durch eine Wand getrennt und Vicky, Julia und Holger waren in einem Führerhaus vor uns. Das war das erste Mal, dass wir nicht in einem Auto gemeinsam fuhren. Weder die Katzen noch ich fanden das schön. Auch wenn sie immer wieder angehalten haben und mich rausließen und uns alle fütterten, war das eine wirkliche Tortur, die kein Ende zu nehmen schien. Keiner von uns konnte in Ruhe schlafen. Die einzigen, die das weniger störte, waren die Pferde. Da habe ich dann erst richtig mitbekommen, dass sie scheinbar auch zu unserer Familie gehören. Nachdem sie mich bisher nicht wirklich interessierten, bin ich nie mit ihnen in Kontakt gegangen. Auf der langen Fahrt haben sie es mir dann mitgeteilt.

Schließlich kamen wir an. Die Pferde wurden entladen. Ich durfte auch wieder aus meinem Verlies heraus, die Katzen mussten noch drinnen bleiben. Das erste, was die Pferde machten, als sie aus dem Lkw heraus waren, war, dass sie sich zigmal auf dem Boden hin und her wälzten, um sich etwas zu entspannen. Das fand ich eine gute Idee und ich wälzte mich auch gleich.
Endlich konnte ich wieder frei laufen. Es dauerte eine Weile, bis die Pferde dort untergebracht waren und dann ging es weiter. Ein schönes großes Haus stand vor uns und wir gingen dort hinein. Es war leer und mir war klar, dass ist unser neues Zuhause. Amadeus und Garfield wurden mit ihren Käfigen hinein getragen. Vicky machte ihnen im Bad ein schönes Bettchen und richtete etwas zum Fressen für sie her. Danach durften sie raus aus ihren Käfigen. Die Beiden waren

doch ziemlich kaputt, es war auch eine lange Reise. Noch nie vorher sind wir solange unterwegs gewesen und dann noch ohne unsere Familie, da dort, wo sie saßen, kein weiterer Platz vorhanden war. Nur wenn sie eine Pause einlegten, war zu erkennen, dass wir gemeinsam unterwegs waren. Als Vicky die Katzen versorgt hatte, kam ein Taxi, und Vicky, Holger, Julia und ich fuhren in ein Hotel. Es war schön zu erkennen, dass ich bei ihnen bleiben durfte. Das lag sicherlich daran, dass ich braver bin als eine Katze. Wenn die Katzen auch meinen, sie hätten es noch schöner als wir Hunde: da sie nicht, so wie ich, fast auf's Wort folgen, habe ich doch einige Vorteile. Sie müssen heute Nacht noch einmal alleine bleiben und ich nicht.

Am nächsten Tag kam dann wieder der Umzugswagen. Amadeus und Garfield durften immer noch nicht aus dem Bad heraus. Am späten Nachmittag kamen Oma und Opa mit Daniella. Als die Umzugsleute Feierabend machten, konnten sich auch Amadeus und Garfield endlich im Haus umsehen. Garfield war nicht lange zu halten und wollte raus. Amadeus hingegen legte keinen Wert darauf, das Haus zu verlassen. Meine Familie und ich stellten auch gleich fest, dass es da noch viele andere Katzen in unserem Garten gab. Sofort fiel uns ein schwarzer Kater auf, der fast immer brüllte. Nur wenn die Menschen ihn in den Arm nahmen, war er etwas ruhiger. Da aber viel Arbeit im

Haus war, ist es nicht möglich gewesen, ihn ständig herumzutragen. Amadeus passte das auch nicht. Er durfte gar nicht in die Nähe dieses schwarzen Katers, der ihn sofort anfauchte. Das kann ja heiter werden, dachte ich so bei mir. Wo sind wir denn hier gelandet? Garfield ließ sich zwei Tage Zeit, bis er wieder auftauchte und machte deswegen die ganze Familie unglücklich. Wie froh wir doch alle waren, als er wiederkam! Dieser schwarze Kater bekam von meiner Familie den Namen Brülli, denn er brüllte nach wie vor. Das war vielleicht nervig. Hier ging alles drunter und drüber und dieser Kater meinte, es müsse sich alles um ihn drehen.

Langsam normalisierte sich hier das Leben, aber es war schon komplett anders, als wir es gewohnt waren. Meine Familie liebt es nicht besonders, wenn ich bei jedem, der an unserem Haus vorbei kommt, zu bellen anfange. Sie forderten mich ständig auf, nicht zu bellen. Vielleicht lag es daran, dass alle Hunde in der Nachbarschaft das genauso machten wie ich, also einfach drauflos zu bellen. Das ist etwas, was meine Familie nicht gewöhnt ist. Wo wir bisher wohnten, war ich in unserer Nachbarschaft der einzige Hund. Hier scheint das nicht der Fall zu sein. Von überall hört man sie bellen. Wo ich mich aber nicht beherrschen kann, ist, wenn Hunde auf der Straße an unserem Zaun entlang markieren. Da muss ich sie verjagen, denn das hier ist jetzt mein Zuhause. Aber wenn irgendjemand denkt, es würde ihnen etwas ausmachen, wenn ich sie ganz böse anbelle, dann irrt er sich. Die reagieren da überhaupt nicht drauf. Ich kann mich aufführen wie ich will, die tun so, als ob ich gar nicht vorhanden bin. Dazu dann immer noch das Geplärre meiner Familie, ich soll aufhören zu bellen. Also das nervt mich vielleicht. Sieht denn hier niemand, was da abgeht?

Nachdem man mich ständig auffordert, nicht zu bellen, lasse ich es notgedrungen sein. Ich kann mich ja nicht immer mit meiner Familie anlegen, obwohl es mir schon verdammt schwer fällt. Eines Nachts hörte ich wieder einmal Geräusche und da ich gestern schon mit einem „bist du jetzt still" zu bellen aufhören musste, war ich jetzt still und lauschte nur. Irgendwann war es dann wieder ruhig. Am nächsten Morgen war allerdings die Überraschung groß, denn in dieser Nacht wurde bei uns eingebrochen. Aber ich durfte ja nicht bellen! Das hatten sie jetzt davon! Schauten die mich doch allen Ernstes an und fragten, warum ich nicht gebellt habe. Vicky verteidigte mich aber dann und meinte, es wäre doch kein Wunder, wenn man mir dauernd das Bellen verbietet, dass ich dann auch nicht belle, wenn jemand Fremdes unberechtigt in das Haus eindringt. Genauso ist es. Woher soll ich wissen, dass es dieses Mal etwas anderes gewesen wäre?

Nach dem Einbruch wurde es etwas besser mit dem Bellverbot. Wenigstens durfte ich jetzt die Hunde, die an meinem Zaun markierten, anbellen. Nicht dass das viel genützt hätte! Denen war mein Bellen total egal. Die ignorierten mich, als wäre ich nicht da.

Mit den fremden Katzen war das auch so eine Sache. Wenn mal so eine ganz unverfroren auf mich zukam, bin ich auf sie losgerannt. Da ist sie dann ganz schnell geworden und mit einem Satz war sie auf einem Baum oder Geländer, so dass ich sie nicht mehr erreichen konnte. Was mir aber egal war, ich wollte ihr sowieso nichts tun. Nur sie zu verscheuchen war meine Absicht.

Eines schönen Tages kam Vicky spät am Abend nach Hause. Sie hatte eine kleine Tasche in der Hand und als sie diese öffnete, kam da doch ein ganz kleiner Hund heraus. Mein Gott war der klein. Alle stürzten sich auf dieses Wollknäuel und waren ganz begeistert. Auch ich hatte ihn gleich in mein Herz geschlossen. Ich habe ja selbst keine Babys gehabt. Jedoch als ich ihn sah, kamen bei mir so etwas wie Muttergefühle auf. So etwas Kleines muss man einfach beschützen. Coffee nannten sie das kleine Kerlchen und ich denke, dass er froh war, mich als eine Art Ersatzmutter zu haben. Es dauerte nicht lange und er kuschelte sich in mein Fell und schlief ein.

Auch eine kleine Katze wurde in der Familie aufgenommen. Nun waren es drei Katzen und zwei Hunde, als wir im Sommer zu Oma und Opa fuhren. Bevor wir nach Neapel zogen, wohnten wir ja auch bei ihnen. Im Parterre wohnten wir und im ersten Stock wohnten sie. Als wir dort ankamen, waren Amadeus und Garfield total begeistert, wieder in ihrem alten Zuhause zu sein. Mir ging es nicht viel anders, aber ich ahnte Schlimmes, als ich in das Haus kam. Hier schaute es genau so chaotisch aus wie damals, als wir nach Neapel zogen. Und ich sollte Recht behalten. Ein paar Tage später kam ein Umzugswagen und das Haus wurde ausgeräumt. Am Abend wurden wir alle ins Auto gepackt und los ging es. Immerhin: dieses Mal waren wir alle mit in dem Auto. Pferde waren dieses Mal nicht dabei! Nach einer gar nicht so langen Fahrt kamen wir auf einem riesigen Innenhof an. Um uns herum Häuser und Schuppen. Erst mal gingen sie mit uns in einen der Hauseingänge und ließen uns hier frei herumlaufen. Es war ganz nett hier, war das jetzt unser neues Zuhause? Wir verbrachten den ganzen Sommer hier und es gefiel uns allen wirklich gut. Da waren Wiesen und Wälder und ich konnte dort herumlaufen wie ich wollte. Was für eine Freiheit!

Den Katzen ging es ebenso, wir fühlten uns hier sozusagen pudelwohl.

Wieder einmal war mein Frauchen Vicky, Oma und Coffee mit dem Auto unterwegs und kamen erst am nächsten Tag wieder. Dieses Mal brachten sie wieder einen kleinen Hund mit. Der war allerdings nicht ganz so klein wie es Coffee anfänglich war, als er zu uns kam, und es war ein Mädchen Namens Flora. Auch für sie war ich wieder ein Muttterersatz, aber sie hatte es etwas besser, denn sie hatte ja auch Coffee und der spielte mit ihr leidenschaftlich gerne. Zum Spielen bin ich schon ein bisschen zu alt und so war ich froh, dass wir Coffee hatten.

Doch eines schönen Morgens packten sie uns alle wieder in das Auto, ohne dass ich einen Umzugswagen sah, und nach einer langen Fahrt waren wir wieder in Neapel. Unser altes Zuhause, alles war so, wie wir es verlassen hatten. Die Streunerkatzen waren wieder da, allen voran Brülli. Der freute sich, dass wir wieder zurück waren, was Amadeus und mich nicht unbedingt glücklich machte. Garfield war es egal, denn der war selten in unserem Garten. Wenn er nicht im Haus war, ging er immer weiter weg, dahin, wo er keine Streunerkatzen sah, oder vielleicht doch? Babys konnte er ja keine mehr zeugen. Was für ein Glück, denn Katzen gab es hier ja genug.

Hier ging dann alles wieder seinen gewohnten Gang, nachmittags immer zu den Pferden, wo ich frei laufen konnte, wohingegen Coffee und Flora meistens an der Leine waren. Meine Familie scheint hier ganz zufrieden und glücklich zu sein, was ja das Wichtigste ist, denn wenn sie glücklich sind, dann sind wir es auch. Unsere Familie ist für uns auch das allerwichtigste, egal wo sie wohnen. Bei ihnen fühlen wir uns wohl. Auch wenn ich sagen muss, dass die Zeit auf dem Hof schon besonders schön gewesen ist.

Auch meiner Familie gefällt es dort sehr gut. Das kann ich richtig spüren. Aber es scheint so zu sein, dass man nicht alles in diesem Leben haben kann. Wir Haustiere haben es ja schon besonders schön auf dieser Welt, was ja nicht alle Tiere, die auf dieser Erde leben, sagen können. Auch so manches Haustier hat es nicht immer leicht. Es kommt schon darauf an, in was für eine Familie man kommt. Diese vielen Streunerkatzen und Hunde gäbe es ja auch nicht, wenn sich ihre ehemaligen Besitzer um ihre Tiere gekümmert hätten. Von Sterilisation haben die scheinbar noch nichts gehört. Kann man die Tiere aus irgendeinem Grund nicht mehr behalten, lässt man sie doch nicht einfach alleine zurück! Aber so müssen sie es erstmal einmal gemacht haben, dass es jetzt so viele Streuner gibt.
Da sind wir wieder bei der Herzstimme. Welcher Mensch bringt es fertig, sein Tier auszusetzen, weil er

ihm überdrüssig wird? Bestimmt hat er da seine Herzstimme überhört und nur nach seiner Kopfstimme gehandelt. Nur mit der ist der Mensch in der Lage, so kaltblütig zu handeln. Es gibt sicherlich Zeiten, zu denen eine Kopfstimme ihre Berechtigung hat, aber wenn es um Lebewesen geht, sollte man doch auf seine Herzstimme hören. Dafür hat er sie ja. Sie aber so zu vernachlässigen, ist ein großer Fehler, nicht nur uns Tieren gegenüber, sondern auch für die Menschen selbst.

Glück ist gekoppelt an die Herzstimme. Nur wenn die Herzstimme zufrieden ist, kann man Glück erleben. Nicht umsonst gibt es das Sprichwort: Geld alleine macht nicht glücklich! Geld verdient man mit der Kopfstimme. Was man aber dann damit macht, ist zum größten Teil eine Sache der Herzstimme. Zumindest sollte es so sein! Würden die Menschen viel mehr mit dem Herzen entscheiden, wären sie auch glücklicher. Wir Haustiere sind dafür da, dass wir bei den Menschen die Herzstimme anregen und sie damit glücklich machen. Scheinbar gelingt uns das aber nicht immer, sonst gäbe es zum Beispiel keine Streuner.

Egoismus gehört zur Kopfstimme und die gewann in der Vergangenheit immer mehr die Oberhand. Dies wird ein immer größeres Problem. Die Kopfstimme überwog und damit wurde das Elend für alle immer größer. Nur wenn der Mensch sich wieder mehr seiner Herzstimme bewusst wird und danach handelt, kann es wieder zu einem Gleichgewicht auf dieser Erde kommen. Es wäre doch eigentlich ganz einfach, weder Kurse noch Seminare sind dazu nötig. Man muss nichts lernen, um sie hören zu können, man lauscht nur ganz einfach in sich hinein. Das „schlechte Gewissen" einfach wieder wahrnehmen und nicht verdrängen, dann würde so manche Ungerechtigkeit erst gar nicht entstehen. Das schlechte Gewissen sagt den Menschen ganz genau, wie sie handeln sollten. Warum richten sie sich nicht danach?

Wir Tiere haben ja viel mehr Herzstimme als Kopfstimme und können es deshalb nicht nachvollziehen. Die Kopfstimme hat bei uns nicht den Stellenwert wie bei Euch Menschen, deswegen ist es für uns leichter, sie zu ignorieren. Es ist auch nicht so, dass wir sie immer meiden, denn auch unter den Tieren gibt es Egoisten. Gerade wenn wir Widersacher haben, müssen wir schauen, wo wir bleiben. Sind wir dann besonders hartnäckig, kann das unser Herrchen oder Frauchen schon manchmal aus der Ruhe bringen. Da geht es mir nicht anders! Es kann doch nicht angehen, dass Coffee und Flora gestreichelt werden und mich übersieht man, weil ich brav auf meiner Matratze liege. Da bin ich aber ganz schnell bei meinem Frauchen und fordere ein, was mir zusteht. Da Vicky nur zwei Hände hat, muss einer sich verflüchtigen, das ist mir dann egal, da bin ich halt dann auch Egoist. Wenn es um Streicheleinheiten geht, kann ich mich nicht zurückhalten, das kann gar nicht lange genug dauern. Dafür bin ich dann aber wieder großzügig, wenn es um mein Futter geht. Da höre ich dann auf meine Herzstimme und bringe es nicht fertig, meine Mitbewohner zu verscheuchen. Wenn ich vor meinem Trog stehe, sind Flora und mindestens noch zwei Katzen dabei, die sich mit mir mein Futter teilen. Ich muss dann nur etwas schneller mampfen, damit sie nicht zu viel bekommen und ich auch satt werde.

Natürlich sind Tiere auch mal Egoisten, aber bei den Menschen nimmt das überhand. Jeder, Mensch wie Tier, darf ab und zu mal nur an sich denken, aber eben nur ab und zu mal.

Wir Hunde sind ja sehr an unsere Menschen gebunden und daher sehr anpassungsfähig. Auch sind wir nicht nachtragend. Das ist bei den Katzen schon etwas anderes. Die können schon mal ein wenig beleidigt sein, aber auch nicht lange. Alle Haustiere sind gutmütig und wir sind zufrieden, wenn es unsere Menschen auch sind. Werden wir gut behandelt, dann sind wir uneingeschränkt für sie da und geben ihnen all unsere Liebe.

Ich sorge auch dafür, dass wir in unserem Garten keine unbekannten Besucher bekommen. Da kommen schon öfter mal ein paar Hunde vorbei, die schauen zu uns herein, manchmal mit ihren Herrchen, aber auch des Öfteren mal allein und das geht ja gar nicht. Da muss ich natürlich ganz laut bellen, auch wenn ich weiß, das Vicky das nicht so gut findet, aber das muss sein, auch wenn sie das nicht versteht. Unseren Garten verteidigen Coffee, Flora und ich ganz vehement. Da geht dann jeder Hund schnurstracks an uns vorbei und tut so, als gäbe es uns gar nicht und genauso soll es sein, schließlich ist das unser Revier und da haben die nichts zu suchen. Weiß man was passieren würde, wenn wir das nicht machen würden? Wir haben ja gesehen, was passiert ist, als ich in der Nacht mal nicht gebellt habe. Die Vorwürfe höre ich mir nicht mehr an. Da wird jetzt gebellt, ob es ihnen gefällt oder nicht. Manchmal müssen auch wir ein Machtwort sprechen. Auch wenn wir wissen, dass wir in der Familienhierarchie hinter dem Menschen stehen. Wir beherzigen das im Regelfall, aber in Einzelfällen sind wir uns bewusst, dass wir besser aufpassen können, als es die Menschen können. Das müssen sie auch mal einsehen. Jeder hat so seine Aufgaben im Leben, wir machen unsere Familie glücklich und beschützen sie, so gut wir das können. Ich kann das natürlich besser als Coffee und Flora, obwohl denen das gar nicht wirklich bewusst ist. So klein wie die sind können sie zwar bellen, aber sich mit einem großen Hund auseinanderzusetzen würden sie wohl nicht überleben. Doch wie gesagt, haben sie davon überhaupt keine Ahnung!

Heute ist etwas ganz Schlimmes passiert. Da kommen Vicky und Daniella heim, machen die Kofferraumtüre auf und holen eine Decke heraus, in der etwas drin war. Sie legten es auf den Boden und öffneten die Decke. Da liegt unser Garfield tot in dieser Decke! Ich konnte es erst gar nicht glauben und beschnüffelte ihn kurz, doch es ist wahr: er ist tot. Amadeus war gar nicht so erstaunt. Ich glaube der wusste es schon, denn Katzen können noch weitaus besser in die andere Dimension sehen als wir Hunde. Coffee und Flora gingen auch kurz zu ihm. Die Katzen hielten sich etwas zurück. Unsere Familienmitglieder weinten alle und sie machten sich dran, ein Grab für ihn auszubuddeln. Er wurde in einen Karton gelegt und dann haben sie ihn begraben. Am nächsten Tag pflanzten sie Blumen an seinem Grab und ein Kreuz mit seinem Namen wurde auch noch hineingesteckt. Julia saß immer wieder an seinem Grab und weinte. Ich versuchte sie zu trösten, und manchmal gelang es mir auch.

Nach einer Weile kamen Opa und Oma uns wieder besuchen und in dieser Zeit ist Flora Mama geworden. Das ist für die ganze Familie eine Riesenfreude. Die

Kleinen sind noch ganz hilflos und da lässt Flora keines von uns Tieren in die Nähe der Kleinen. Sie knurrt uns an und wird ganz wild, wenn wir nur ein bisschen in das Körbchen schauen wollen. Aber wir sind alle sehr vernünftig und gehen dem Korb aus dem Weg. Erst als die Welpen laufen konnten, wurde uns erlaubt, uns ihnen zu nähern. In der Zwischenzeit passe ich auch mal auf sie auf, wenn Flora ein bisschen Ruhe haben will.
Bei dem ganzen Trubel mit den Welpen hier im Haus fällt mir auf, dass Vicky wieder zu packen beginnt. Wo geht es denn jetzt schon wieder hin? Sie packt aber nur das Auto und so beschleicht mich die Vorahnung, dass wir wieder zu unserem Hof fahren.

Am nächsten Morgen war es dann soweit. Sie verstauten uns Hunde und Amadeus im Auto. Ich habe ja meinen festen Platz, ganz hinten, und da springe ich auch noch selbst hinauf. Rosalie und Balu blieben mit Holger und Daniella zurück. Vicky fuhr mit uns zum Pferdestall, wo diesmal Coco und Carino in einen Pferdeanhänger geführt wurden, der dann an unser Auto angehängt wurde. Das war schon wesentlich besser als dieser Lkw, mit dem wir hierher fuhren. Dann ging die Reise los. Ich hatte mich darauf eingestellt, dass wir wieder eine sehr lange Fahrt vor uns haben würden. Nach der ersten Pause hielt sie wenig später wieder an und ich dachte an eine weitere Pause. Doch dieses Mal wurden alle Tiere ausgeladen. Na nu, dachte ich, was ist jetzt hier los? Das ist nicht unser Hof, hier sah es ganz anders aus. Die Pferde kamen in einen Stall und wir gingen in das Haus, wo wir alle in einem Zimmer verstaut wurden. Vicky und Julia legten sich auf das Bett und wir alle tanzten um sie herum. Dann gingen Coffee, Flora und ich mit Vicky spazieren und etwas später haben Vicky und Julia gegessen. Nachher sind wir alle ins Bett. Nur Amadeus wollte nicht. Den hat dann Vicky nach einer Weile rausgelassen, denn es war unmöglich, bei diesem Geschrei zu schlafen.

Es war noch gar nicht richtig hell, da stand Vicky schon wieder auf und packte alles zusammen. Es wurde noch gefrühstückt, die Pferde wurden wieder in den Anhänger geführt und Amadeus, der die Nacht draußen verbracht hatte, war auch wieder da. Nun ging es weiter. War ich froh, denn dort war es lange nicht so schön wie auf unserem Hof. So konnte ich also doch noch hoffen, dass wir dorthin fahren.
So war es dann auch. Als wir ankamen, wurden wir freudig von Oma und Opa begrüßt und auch etliche Nachbarn waren da. Die Pferde waren ja bisher noch nie dabei gewesen und sie staunten nicht schlecht. Da war ein großer Stall, in dem sie frei herumlaufen konnten. Vor dem Stall war ein großer Freistand und gleich danach kamen Wiesen. Die beiden waren ganz

aufgeregt und wussten gar nicht, wo sie als erstes hinlaufen sollten. Alle standen vor dem Stall und beobachteten sie. Mir wurde es langweilig und so machte ich mich auf den Weg zu unserem Innenhof, wohin dann langsam alle nachkamen. Das Haus war uns ja nicht fremd, nur die Welpen kannten es nicht. Ach, wie schön, dass wir wieder hier sind!

Nach einer Weile kam dann auch Holger mit Daniella, aber ohne die beiden Katzen. Das war mir auch egal, ich vermisste sie nicht. Sie lassen mich zu Hause auch immer links liegen, es sei denn, sie wollen mit mir meinen Napf leeren. Von allen Katzen gehört mein Herz Amadeus, für ihn bin ich von allen seine Liebste. Er ist halt mit mir aufgewachsen und kennt mich, seit er ein paar Tage alt war. Ihm geht es genauso wie mir, er findet es hier himmlisch. Die Zeit hier ist einfach nur schön. Ich konnte wieder nach Herzenslust buddeln und hatte meine gesamte Familie mit Opa und Oma um mich. Wie früher!

Hier holen Vicky und Oma die Eier und die Milch direkt von einem Bauernhof. Da sind sie ganz begeistert. Als sie vom Bauern kamen, hörte Coffee, auf dem Schoß von Vicky sitzend, folgendes Gespräch, bei dem ich keine Zeit zum Zuhören hatte, da die Umgebung mich noch in Atem hielt.

Kapitel 14

Oma und Vicky erzählten einer Nachbarin vom Leben in Neuseeland. Da hatten es die Kühe viel schöner, denn die kannten keinen Stall. Sie lebten auf der Weide und sind dort an einem Melkstand auch gemolken worden. Jedes Jahr bekam meine Familie von einem Bauern ein geschlachtetes Rind, das sie sich mit der Schwester von Oma teilten. Einmal war Omas Bruder zu Besuch und da sollte an einem Nachmittag ein Rind für sie geschlachtet werden. Er wollte sich das anschauen, wie die es dort so machten, denn Vicky erzählte, dass das Rind auf der Weide geschlachtet wird. Also gingen sie mit dem Bruder auf die Weide. Ein Metzger kam mit einem Gewehr und holte ein Rind von der Herde weg. Dieses ging brav mit ihm mit auf eine leerstehende Weide, die direkt neben der Weide für die Herde lag. Das Rind wurde am Zaun angebunden und graste dort. Plötzlich ein Schuss, das Rind ging in die Knie und war auf der Stelle tot. Vicky und Oma beobachteten währenddessen auf der Weide die Herde und dachten, die würde jetzt aufgeschreckt sein und davonlaufen. Schließlich wurde ja gerade ein Kumpan von ihnen getötet. Aber nichts geschah, die Rinder grasten weiter, als ob nichts geschehen sei. Sie schauten nicht einmal in die Richtung der anderen

Weide. Sie waren höchstens zehn Meter entfernt. Das Rind wurde dann an Ort und Stelle geschlachtet. Das hat den Rindern überhaupt nichts ausgemacht. Als Vicky zu ihnen ging, ließen sie sich streicheln und grasten weiter, ohne Angst zu haben.

Was kann uns so ein Verhalten der Rinder sagen, fragten sie sich? Oma meinte, wenn die Kühe keine Angst zeigten, es für sie wohl nichts Furchterregendes sei. Wir Menschen haben Angst vor dem Sterben, weil wir nicht wissen, was danach kommt. Tiere aber könnten es wissen und haben deshalb keine Angst vor dem Sterben. Sie wollen nur nicht leiden müssen. Man darf ja Tiere nicht für so dumm halten, dass die ein paar Meter entfernte Herde nicht bemerkt hat, dass dort eben ein Rind aus ihrem Umfeld gestorben ist! Nicht einmal der laute Schuss hat sie aufgeschreckt. Das haben sie wahrscheinlich schon öfter gehört. Man kann es nur so erklären, dass sie eben keine Angst vor dem Sterben haben, es für sie nichts Besonderes ist.

Wir Menschen versuchen immer, menschliche Erklärungen zu finden und meinen, wenn wir Angst vor dem Sterben haben, dann muss das bei den Tieren genauso sein. Man sieht dann schreckliche Bilder von Tieren, die ganz verängstigt drein blicken. Doch zeigen diese Bilder auch, wie schmerzverzerrt ihr Gesicht ist. Es muss nicht das Sterben sein, vor dem sie Angst haben, sondern vor den Schmerzen, die ihnen die Menschen zufügen. Ich verstehe nicht, dass Menschen so herzlos Tiere behandeln können. Menschen wie diesen sagt man ja auch nach, dass sie kein Herz haben und genauso ist es. Diese Menschen sind sich ihrer Herzstimme gar nicht mehr bewusst, sonst könnten sie nicht so handeln. Die Menschen waren doch nicht immer so.

Ich kann mich erinnern, dass wir bei uns eine Metzgerei hatten. Dort haben die Bauern ihre Rinder hingebracht. Die Bauern holten sie aus den Anhängern und führten sie in den Schlachthof. Dort hörte ich keinen Laut von den Rindern. Mit den Schweinen war es etwas schwieriger, sie in den Schlachthof zu führen, da sie, wie es auch unsere Katzen machen, sich nicht so einfach an einem Strick führen lassen. Mit einer Kartoffel lockten sie sie in den Schlachthof hinein. Nie wurde ein Tier dort gequält, so oft ich zugesehen habe. Vicky erzählte aber, dass sie als Kind in der Schule, die direkt neben einer Metzgerei lag, immer die Schweine schreien hörte. Das war ja schon wieder Jahrzehnte später. Wahrscheinlich fing es zu dieser Zeit an, dass man keinen Respekt mehr vor den Tieren hatte.

Warum das so ist, kann ich auch nicht verstehen, aber vielleicht hat es damit zu tun, dass immer mehr

Fleisch konsumiert wird und man dann keine Zeit mehr hat, sich mit dem einzelnen Tier zu beschäftigen. Es sind heutzutage auch die Massenabfertigungen, die den Menschen gar keine Zeit mehr lassen, auf ihr Herz zu hören. Es ist sicherlich ein Fehler, dass Fleisch immer billiger und damit zu einem Allerweltsnahrungsmittel wurde. Fleisch sollte immer noch etwas Besonderes sein und teurer, dann würde man davon nicht so viel essen.

Es stimmt schon, wenn ich so an die Grillabende im Bekanntenkreis denke. Da ist pro Person nicht ein Stückchen Fleisch da, sondern da kommt ein großer Teller mit so viel Fleisch, von dem dann mehrere Stücke für eine Person sind. Das müsste wirklich nicht sein. Sich nur an Fleisch satt zu essen, ist sicherlich nicht der richtige Weg. Wäre es teurer, sähe das anders aus. Dann würde man keine Massentierhaltung brauchen, weil die Nachfrage gar nicht da wäre.

Massentierhaltung ist nicht das, wofür unsere Tiere da sind. Was man auf diese Weise mit den Tieren macht, ist so unsäglich, dass man sich als Mensch schämen muss, so etwas zuzulassen. Doch die Profitgier Einzelner hat es geschafft, dass viele Menschen Massen von Fleisch essen, das ja so reichhaltig vorhanden ist.

Ja, da hat die Oma wohl recht, meint auch Coffee. Die Tiere, denen so etwas passiert, können das auch nicht verstehen. Sie kommen auf die Erde, um den Menschen Nahrung zu sein. Statt dass man sie dementsprechend würdevoll behandelt und dankbar dafür ist, zeigt man sich von der krassesten Gegenseite. Wie man an der Erzählung von Oma sieht, kann es auch anders gehen. Warum macht man es nicht überall so? Schlachtung muss ja nicht auf der Weide passieren, aber früher hatte scheinbar jeder Metzger seinen eigenen Schlachthof und der Bauer in seiner Nähe brachte die Tiere dort hin. Da muss sich wirklich etwas ändern, denn so kann man nicht mit Tieren umgehen.

Da haben es Hunde und Katzen in der Zwischenzeit wesentlich besser, auch wenn sie es nicht immer so schön hatten wie wir heute. Haustiere wie Hunde und Katzen gehörten früher zu jedem Bauernhof, doch sie hatten mit den Menschen nicht so viel zu tun. Sie hatten ihre Aufgabe wir alle Tiere dort: Katzen fingen die Mäuse und die Hunde hüteten den Hof. Alle Tiere wurden versorgt. Aber Schoßhunde gab es bei Bauern nicht, dafür fehlte ihnen wohl die Zeit, obwohl es uns schon sehr lange gibt. Wir waren meist in Königshäusern zu Hause. Die Damen der gehobenen Gesellschaft hatten schon damals die Zeit, sich mit uns zu beschäftigen. Schoßhund zu sein war schon immer ein Privileg und das zu allen Zeiten, früher wie heute.

Uns ging es immer gut, was ja nicht alle Tiere von sich sagen können.
Was hier auf unserer Erde verkehrt läuft, ist, dass die Menschen scheinbar kein Mittelmaß finden. Das liegt daran, wie wir ja schon festgestellt haben, dass Kopf- und Herzstimme nicht im Einklang sind. Außerdem ist auch der Mensch ein Herdentier und daher können einige wenige - die „Leithammel" - bestimmen, was auf dieser Erde geschieht. Die Masse läuft ihnen hinterher, ohne zu hinterfragen, ob es gut für alle ist. Auf der einen Seite gibt es Massentierhaltung, wo das Tier nicht mehr als Lebewesen mit Gefühlen wahrgenommen wird. Andererseits gibt es Menschen, die Vegetarier oder sogar Veganer sind und Tierschützer, die total übertrieben agieren. Beide Seiten machen sich keine Gedanken, ob die Natur es so für richtig hält. Tiere sind nicht auf der Welt, um sich zu sonnen oder zu schlafen, sie haben alle eine Aufgabe zu erfüllen. Genauso wie der Mensch! Nur haben wir Tiere den Vorteil, dass wir das wissen. Der Mensch ist auf dieser Welt um zu lernen, deshalb hat er ein so fantastisches Gehirn bekommen. Damit sollte er in der Lage sein, seine Aufgabe zu erkennen und danach zu handeln. Ein Tierschützer meint, er handelt richtig, indem er den Menschen dazu auffordert, die Tiere in Ruhe zu lassen. Das kann man mit Tieren machen, die in der freien Wildbahn leben. Doch mit den Tieren, die über die Jahrhunderte domestiziert wurden, ist das nicht

mehr möglich. Die haben sich den Menschen so angepasst, dass sie ohne sie kaum überleben könnten. Was würden sie zum Beispiel mit all den Kühen und Schweinen machen, die hier leben? Würden sie sie einfach frei laufen lassen, wären wir in Kürze überschwemmt von ihnen. Die Wiesen wären zertrampelt und sie hätten nicht mehr genug Nahrung und würden verhungern. Glaubt wirklich jemand, dass verhungern schöner ist, als anständig geschlachtet zu werden? Oder aber die Tiere nicht mehr zu schlachten, sondern vor sich hin Leben zu lassen, bis sie krank sind und an Altersschwäche sterben, ist das in den Augen der Tierschützer ein schönerer Tod? Nur weil der Mensch Angst vor dem Tod hat, müssen wir sie doch nicht haben! Wovor wir Angst haben, ist die Tatsache, dass wir gequält werden, dass wir Schmerzen haben, wenn sie uns unsachgemäß töten, wenn man uns nicht mehr wie Lebewesen behandelt, sondern uns schon zu unseren Lebzeiten als Lebensmittel behandelt, so, als hätten wir keine Gefühle und kein Schmerzempfinden. So wie unsere Menschenfamilie mit uns Hunden umgeht, so sollte man jedes Tier behandeln. Mit Respekt vor dem Leben! Einen anständigen Tod sollte man einem Tier gönnen, das dem Menschen als Nahrungsmittel dient. Ist das wirklich zu viel verlangt?

Schauen wir in die freie Wildbahn, da regelt das die Natur. Für jedes Tier ist ein anderes Tier da, das es zum Überleben braucht. Natürliche Feinde regeln diesen Kreislauf: vom kleinsten Käfer bis zum größten Tier. Geht nun der Mensch her, und verbringt Tiere in ein Umfeld, in dem es keine natürlichen Feinde für sie gibt, beginnt das Desaster. Die Tiere vermehren sich unaufhaltsam und das Ungleichgewicht nimmt seinen Lauf. Somit muss der Mensch dafür sorgen, dass sie sich nicht ungezügelt vermehren. Das macht er auch, um für sich selbst Nahrung zu haben. In der freien Wildbahn wären diese Tiere Nahrung für andere Tiere. Jedes Tier hat seinen natürlichen Feind, sei es der Mensch oder ein Tier. Es ist nicht auf der Welt um zu lernen wie der Mensch, sondern es ist als natürliches Lebensmittel da, damit der Organismus Erde, so, wie wir ihn kennen, existieren kann.

Würde zum Beispiel kein Wild im Wald geschossen werden, gäbe es nach einer Weile keinen Wald mehr, denn die Tiere vermehren sich und würden alles, was im Wald wächst, brauchen, um nicht zu verhungern, was aber letztendlich doch geschehen würde. Wie viele Lebewesen im Wald wären davon betroffen und müssten sterben? Der Mensch wiederum braucht die Wälder u.a. zur Sauerstoff-Produktion. Man kann das unendlich fortführen und ein eigenes Buch darüber schreiben. Aber ich denke, der Leser versteht was ich sagen will.

Unsere Meere haben nicht Unmengen von Fisch, damit sie von anderen Fischen verspeist werden, sondern es ist auch noch genügend da, um den Menschen damit zu versorgen. Nur dass der Mensch meint, nicht genug davon zu bekommen und diesen Reichtum missbraucht, ist das Unfassbare. Die Profitgier einzelner Menschen schafft es, dass die Mehrheit der Menschen dies zulässt, ohne sich darüber Gedanken zu machen. Dass der Mensch in der Lage ist, Tiere zu quälen, ist das wirklich Traurige daran, vor allem wenn man bedenkt, dass dies nicht immer so war.

Die Aborigines in Australien haben sich vor nicht allzu langer Zeit noch bei dem Känguru bedankt bevor sie es erlegten. Sie waren sich darüber im Klaren, dass das Land so groß ist und das Känguru sich leicht vor ihnen verstecken könnte. Kam es aber in ihre Nähe, glaubten sie, dass es kam, damit sie nicht verhungerten. Heutige Ureinwohner sind mit uns Tieren und der damit verbundenen Ebene noch immer mehr im Einklang als zivilisatorisch geprägte Menschen. Doch mit der immer mehr benützten Kopfstimme haben die Menschen diese Verbindung zum Tier verloren. Doch kommt jetzt hoffentlich wieder eine Zeit, in der es besser werden kann.

Was mich wundert ist, dass es immer mehr Menschen gibt, die ein Haustier haben und mit uns so glücklich sind, dass wir fast alles, was wir wollen, von ihnen bekommen, die gleichen Menschen es aber auf der anderen Seite zulassen, wie andere Menschen Tiere quälen. Würden alle Haustierbesitzer sich zusammen tun und nur noch Fleisch von Bauern kaufen, die ihre Tiere artgerecht halten, dann könnte man diese Grausamkeiten erheblich reduzieren. Wir Haustiere würden dafür gerne auf so manches Leckerli verzichten. Das ist jetzt nur so ein Gedanke von mir, aber man könnte es ja mal erwägen!

Wenn ich sehe, wie die netten Menschen hier unsere Welpen abholen und ganz glücklich und vernarrt in die kleinen Welpen sind. Die Kleinen wissen auch immer gleich, dass das ihre neue Familie ist und kuscheln sich ganz lieb zu ihnen hin. Es geht hier ja auch niemand sofort, nachdem sie ihren Familienzuwachs gesehen haben, ins Auto und fährt weg. Sie bleiben für eine ganze Weile hier und unterhalten sich mit meiner Familie, während sie ihren Liebling im Arm halten. Auch Flora und ich werden da nicht übersehen. Immer bekommen auch wir ein paar Streicheleinheiten ab. Die Leute sind immer ganz nett und lieb zu uns. Schließlich sind wir ja auch die Eltern ihres neuen Familienmitglieds. Ich glaube Flora ist froh, dass immer wieder ein Welpe wegkommt. Vicky macht das ja sehr langsam, meist ist eine Woche dazwischen. Aber da lasse ich jetzt Flora erzählen, schließlich ist sie ja die Mutter.

Kapitel 15

Endlich lässt man mich auch mal reden. Es ist ja schon viel berichtet worden über mich, so, dass ihr mich ja schon etwas kennt. Da lasse ich jetzt meinen Einzug in meine Familie weg, den Coffee ja schon erzählt hat. Ich habe mir gleich ein ganz besonderes Verhältnis zu meinem Frauchen Vicky geschaffen. Die ganze Familie ist ja lieb und Daniella, deren Hund ich ja werden sollte, hab' ich natürlich auch sehr lieb. Doch ich hatte von Anfang an eine besondere Affinität zu Vicky entwickelt. Wir beide verstehen uns auch ohne Worte. Wenn sie ohne mich aus dem Haus geht, was Gott sei

Dank nicht oft vorkommt, bin ich immer ganz unglücklich. Coffee, Nelly und auch den Katzen macht das nicht so viel aus, denn dann haben sie Zeit zu schlafen. Aber mein Schlaf ist nicht entspannt ohne Vickys Anwesenheit. Wenn sie mich im kühlen Auto zurücklässt, ist das in Ordnung, denn da weiß ich, dass sie bald wiederkommt. Im Sommer macht sie das aber nicht, denn es könnte mir zu heiß werden. Da hat sie ja nicht Unrecht, denn heiß wird es mir sehr schnell. Mein Fell ist so dick, da freue ich mich schon immer, wenn es wieder kälter wird. Aber letztendlich ist mir das egal, Hauptsache Vicky ist bei mir. Dafür nehme ich auch die Hitze in Kauf. Meine Vicky ist mein Ein und Alles, für sie bin ich zu allem bereit. Das Schöne dabei ist, dass auch sie das spürt.

Das war jetzt meine Liebeserklärung an Vicky; das musste unbedingt mal gesagt werden. Ansonsten komme ich mit allen in der Familie gut aus und freue mich über jede Aufmerksamkeit von ihnen. Wenn sie sich mit mir abgeben, ist immer ein Lächeln auf ihren Gesichtern zu sehen. Da freue ich mich dann auch, denn ich will ja meine Aufgabe hier auf dieser Welt auch erledigen.

Wenn man Coffee und mich sieht, stellt man fest, dass ich zwar ähnlich groß bin wie er, jedoch in der Breite bin ich das Doppelte von ihm. Das hat für mich den

Vorteil, dass ich bei allen unseren Spielen die Oberhand habe, Coffee also nie gewinnen kann. Das weiß er natürlich und respektiert mich dementsprechend. Außerdem als Mädchen muss ich ja stark genug sein, um meine Babys auf die Welt zu bringen. Wäre ich so ein Hungerhaken wie Coffee, wäre das womöglich ein Problem. Dass ich so gut im Futter stehe liegt auch daran, dass ich schon als Baby nicht klein und zierlich war. Aber vermutlich hat mir da schon die Milch gut geschmeckt. Seit dieser Zeit hat es bei mir noch nie ein Problem gegeben, dass mir mein Futter nicht schmeckt, was man bei Coffee nicht sagen kann. Der ist nicht nur sehr wählerisch bei seinem Futter, sondern hat auch keine Ruhe beim Fressen. Wenn Vicky uns beide mit der Hand füttert, geht es noch, da frisst er dann ein bisschen mehr, denn da versäumt er ja nichts, da Vicky ja mit uns beschäftigt ist. Aber selbst da hört er immer früher auf als ich. Es ist ja nicht so, dass ich zu viel zu mir nehme, ich bin halt ein guter Futterverwerter, wie man so schön sagt, wenn man etwas zu viel ansetzt. Wenn ich nass bin und mein Fell eng am Körper anliegt, meint Vicky, wäre ich gar nicht dick, sondern ganz normal. Das kommt alles nur weil Coffee so dünn und schmächtig ist, da schaue ich halt zum Vergleich zu ihm zu dick aus. Die Leute können immer gar nicht glauben, dass wir zu ein und derselben Rasse gehören.

Es ist schon seltsam mit Coffee. Kennt irgendjemand einen Hund, der sich nichts aus Fressen macht? Der keine Zeit zum Futtern hat, weil er Angst hat, er könnte irgendetwas in der Zwischenzeit verpassen? Der bringt es fertig, ein Stück Fleisch ins Maul zu nehmen, um dann damit ins Wohnzimmer zu rennen. Dort wird es schnell runtergeschluckt, um nach einem Rundblick durchs Wohnzimmer wieder in die Küche zurückzurennen und sich das nächste Stück zu holen. Der verbrennt alleine beim Fressen so viele Kalorien, dass gar kein Gramm Fett an ihm kleben bleiben kann.

Da ist das bei mir schon anders, ich setze mich beim Füttern immer hin. Egal, ob mich Vicky füttert oder ich vor meinem Napf sitze. Das Fleisch wird gut durchgekaut. Im Moment bekommen wir unser Fleisch durchtränkt mit Kokosnussöl, das schmeckt besonders gut. Vicky meint, wenn das gut für Menschen ist, dann ist es auch gesund für uns Hunde. Es schmeckt auf jeden Fall gut und das ist ja die Hauptsache. Für mich ist ein gutes Futter schon wichtig, denn ich fresse gerne, aber höre auf, wenn ich satt bin, auch wenn in dem Napf noch etwas übrig ist. Der Inhalt von Nellys Napf schmeckt mir ab und zu auch gut, vor allem wenn ich sehe, dass sich da schon die Katzen mit bedienen. Da muss dann schon etwas besonders Gutes in Nellys Napf sein. Aber meist gehe ich nach ein paar Bissen wieder weg. Nelly ist die einzige in unserer Familie, die alles in ihrem Napf auffrisst. Sie leckt den Napf so sauber aus, dass man denkt, der ist schon abgewaschen. Das kommt bei uns anderen nicht vor. Ganz im Gegenteil, bei uns sind neben dem Topf auch noch Futterreste übrig.

Dass ich gutes Fressen liebe, kann man auch daran sehen, wie viel ich darüber erzählen kann. Hoffentlich habe ich da niemanden gelangweilt. Ansonsten kann ich ja auch noch einiges berichten. Da ich ja ein Mädchen bin, werde ich zwei Mal im Jahr läufig. Das heißt, ich könnte zwei Mal im Jahr Babys bekommen. Was auch passieren könnte, da mein Mann Coffee nichts dagegen hätte! Vicky aber möchte nicht, dass ich jedes Mal trächtig werde. Sie meint, einmal im Jahr ist es genug. Coffee und ich sind da ganz anderer Ansicht. Da hat sich doch Vicky etwas einfallen lassen. Als ich wieder einmal läufig wurde - Vicky merkt das, weil ich mich dann immer so liebesbedürftig an Coffee schmiege - nahm sie Coffee und legte ihm einen sonderbaren Gürtel um. Er hat ja schon wirklich schöne Kleidung bekommen, wegen seines schönen Pullovers bin ich ihm heute noch neidisch. Aber dieser Gürtel sieht ja sonderbar aus. Wie kann man sich im Geschmack so verirren? Aber mein armer Coffee kann nichts dagegen tun. Ich habe ihm schon geholfen, dieses unmögliche Ding abzubekommen, aber wir können machen was wir wollen, es klappt nicht. Nur Vicky kann es abmachen. Mit diesem blöden Ding können wir uns auch nicht lieben. Hat sie ihm das etwa deswegen angezogen, damit wir keine Kinder bekommen? Das wird es sein, denn sie will ja nicht, dass ich so oft Kinder bekomme.

Aber einmal ist es uns doch gelungen, aber wirklich nur ein einziges Mal. Da zog Vicky Coffee den Gürtel aus und schon lief er in die Küche. Dort war Daniella. Vicky bat sie, ein Auge auf Coffee zu haben. Da Daniella sich gerade etwas zu essen machte, hatte sie einen Augenblick nicht auf Coffee geachtet und schon konnten wir hinter einem Sessel zusammenkommen. Als Vicky uns sah, war es schon zu spät, sie konnte nichts mehr dagegen tun. Sie war sichtlich schockiert und konnte nicht glauben, was sie gesehen hatte. Da hat sie zwei Wochen lang so aufgepasst und Coffee ständig den Gürtel umgelegt, und jetzt war womöglich alles umsonst. Sie erzählte Oma davon und meinte, wenn Flora von dem einzigen Mal und ziemlich zum Ende ihrer Hitze schwanger wird, dann war das Schicksal, dann sollte es so sein.

Es ist ja nett von Vicky, dass sie so auf meine Gesundheit aufpasst. Denn ich muss schon auch sagen, das Kinderkriegen wäre ja noch nicht so schlimm, aber man hängt schon eine Weile dran. Da muss ich dann zu Hause bei den Babys bleiben, bis sie nicht mehr so oft gefüttert werden müssen. Das kann mir ja keiner abnehmen und das ist das Problem.

Als ich die Babys bekam, wurden meine Mutterinstinkte geweckt und daher konnte ich sie die ersten Wochen nicht mehr alleine lassen. Ich ließ auch keinen anderen der Tiere zu ihnen außer der Menschenfamilie, aber auch da passte ich ganz genau auf, was sie mit meinen Babys machten. Nicht einmal Coffee, obwohl er der Vater ist, ließ ich zu nahe an sie heran kommen. Wenn sie noch so klein und schutzbedürftig sind, ist man halt als Mutter besonders vorsichtig.

Als sie die Augen öffneten und ihre Umwelt wahrnahmen, dann auch schon mit dem Krabbeln anfingen, wurde ich etwas lockerer, und erlaubte auch Coffee, Nelly und den Katzen, mal ins Körbchen zu schauen. Aber im Großen und Ganzen hatte ich die ganze Arbeit mit dem Nachwuchs. Als sie flügge wurden, war es meine Aufgabe, sie zu erziehen. Coffee spielte leidenschaftlich mit ihnen, aber die Erziehung war meine Aufgabe. Schließlich müssen die Kleinen lernen, wer das Sagen hat. Sie müssen sich in der Hierarchie ganz hinten anstellen. Je jünger man ist, umso weniger hat man das Sagen. Da gibt es ein schönes Sprichwort, dass ich schon von Vicky hörte: „Was Hänschen nicht lernt, lernt Hans nimmermehr." Genauso ist es bei unserem Nachwuchs auch! Sie probieren immer wieder, ihren Willen durchzusetzen, aber da greife ich ein. Sie müssen solange auf dem Rücken liegen bleiben, bis ich ihnen erlaube aufzustehen. Da kommt es auf den Charakter des einzelnen Babys an, wie oft ich das machen muss. Bei manchen geht das schneller, aber gelegentlich dauert es auch länger.

Vicky und Oma schauen immer ganz wehleidig zu dem jeweiligen Welpen, den ich gerade züchtige, und müssen an sich halten, mir den Kleinen nicht wegzunehmen. Erziehe ich sie aber nicht, haben die Menschen nicht viel Freude an ihrem Welpen, denn er hat es dann nicht gelernt, sich unterzuordnen. In der Tierwelt herrscht da Ordnung. Die Hierarchie spielt eine große Rolle.

Als meine Welpen schließlich alle in netten, neuen Familie untergekommen waren, war ich ganz froh. Endlich konnte ich wieder mit Coffee herumtollen, ohne mich um unseren Nachwuchs zu kümmern. Ab einem gewissen Alter werden sie flügge und damit anstrengender, denn sie wollen immer mehr ihr eigenes Leben führen. Die Mama ist dann nicht mehr so gefragt. Sobald ich sie nicht mehr an meine Zitzen lasse um zu trinken, werde ich für sie uninteressant, was ja auch gut ist. Somit habe ich meine Pflichten als Mama erledigt und kann mich wieder mehr mit meiner Menschenfamilie beschäftigen.

Jetzt bin ich wieder frei und kann mit Vicky überall hinfahren. Während ich meine Babys hatte, nahm sie mich immer nur für kurze Zeit mit. Jetzt kann ich wieder mit zum Stall und Vicky und ich können Julia beim Reiten zusehen. Nelly und Coffee laufen hier ja immer überall herum, aber ich gehe keinen Schritt von Vicky weg. Für mich ist sie jetzt wieder die wichtigste Person und das weiß sie auch. So geht das Leben wieder in seinen gewohnten Bahnen, wenigstens für ein Weilchen.

Nun habt Ihr Floras Standpunkt gelesen. Nicht dass Ihr denkt, nur ich hätte hier das Sagen. Ein jeder aus unserer Familie kommt dran und darf von seinem eigenen Leben erzählen, denn schließlich weiß ich ja nicht alles von ihnen. Ich kann ja auch nicht überall zur gleichen Zeit sein. Mich hat man halt hier zum Haupterzähler erkoren, da ich eben ein ganz besonders Verhältnis zur Oma und zu Vicky habe. Aber ohne meine Gedanken könnten sie das nicht alles schreiben. Unsere Herzstimmen haben sich zusammengetan.

Wer fehlt denn jetzt noch aus unserer Familie? Rosalie, Balu und natürlich die Pferde. Die haben es im Moment nicht so schön, da sie nicht mit uns zusammen leben. Aber wenn wir von hier weggehen, dann werden wir alle auf unserem Hof leben, wo sie dann ihren Stall direkt bei uns haben.

Ich freue mich schon wieder riesig, wenn wir im Sommer alle zusammen sein werden. Oma geht es genauso. Wenn alle um sie herum sind ist sie zufrieden und mir geht es da nicht anders. Dort sind wir dann alle zusammen und jeder kann seiner Aufgabe nachkommen. Auch wenn wir in unserer Familie viel Spaß haben und wir sie viel zum Lachen bringen, dürfen wir nicht vergessen, dass wir eine Aufgabe zu erfüllen haben. Wir dürfen nicht zu Egoisten werden, indem wir nur fordern und die Familie hat es zu erfüllen.

Wir müssen auch eine gewisse Demut zeigen und uns hierarchisch hinter den Menschen einordnen. Da gibt es unter uns Tieren schon mal Reibereien. Die Katzen stehen an erster Stelle, was wir Hunde akzeptieren. Doch wir sind drei Hunde und ein jeder von uns möchte vor dem anderen sein. Nelly denkt, sie war die Erste von uns in der Familie und hat ein Anrecht auf den ersten Platz. Ich war der zweite und bin ein Rüde. Ein Rüde muss das Rudel führen, egal wer da als Erstes da war. Flora wiederum meint, sie ist die einzige, die kleine Welpen bekommt. Sie meint, dass das ihre Familie besonders glücklich macht und da steht es ihr zu, die Erste zu sein, die hier das Sagen hat.

Wenn wir also zum Beispiel aus dem Auto springen, wer darf da als Erster hinter Vicky herausspringen? Bei uns sieht das so aus: Nelly läuft voraus, Flora folgt als nächstes hinter Vickys Schritten und ich, der Rüde, bin der Letzte, der hinterher läuft. Das ist komplett ungerecht, aber was soll ich machen, nachdem ich der Kleinste bin? Oft genug klappt das halt nicht und Vicky ist sauer. Jeder läuft immer wieder einmal wild herum. Auf ihr Rufen reagieren wir nicht sofort. Nicht das wir nicht wüssten, wie es richtig wäre, aber wir Drei sind uns hier nicht einig. Dass Vicky sich ärgern muss, sollte natürlich nicht sein, denn dann erfüllen wir nicht unsere Aufgabe.

Der Egoismus hier auf dieser Erde nimmt nicht nur bei den Menschen zu. Hier kann man schon erkennen, dass je besser es einem geht, desto leichter wird man zum Egoisten. Das ist bei den Katzen ganz besonders zu sehen. Die haben schon deswegen einen Sonderstatus, weil sie ihn sich einfach nehmen. Und je besser es ihnen geht, um so fordernder werden sie. Das ist wohl ein Problem auf dieser Erde. Bei den Menschen scheint es nicht anders zu sein.

Aber so sollte es ja nicht sein! Die Herzstimme, die ja mit unserer Seele verbunden ist, sagt uns allen, wie es richtig wäre. Aber nein, wir hören nicht genug auf sie. Selbst wir Tiere beginnen - vorausgesetzt es geht uns gut - die Herzstimme auszublenden und mehr auf die Kopfstimme zu hören. Auch bei uns Tieren - obwohl die Intensität der Kopfstimme ja bei Weitem nicht an die Kopfstimme des Menschen heranreicht - fängt es an. Wenn man das bedenkt, muss man sich nicht wundern, dass Menschen immer mehr zu Egoisten werden. So gut, wie es uns jetzt allen hier auf dieser Erde geht, ist es uns vorher noch nie gegangen, wenn wir jetzt mal von der westlich orientierten Welt sprechen. Dort, wo die Industrialisierung noch nicht so weit fortgeschritten ist und die Menschen noch ärmer sind, hat man auch noch nicht so viele Egoisten. Dort hört man noch mehr auf die Herzstimme. Bei Urvölkern, die es ja auf dieser Erde auch noch gibt, ist der

Mensch mit dem Tier auf einer Ebene. Sie respektieren und achten sich gegenseitig und somit können sie gut miteinander leben. Das Tier verlangt nichts von den Menschen und umgekehrt der Mensch nichts von den Tieren außer dem, was ihnen vorbestimmt ist.
Somit kann man sagen, dass je besser es dem Mensch geht, desto respektloser wird er dem Tier gegenüber. Dass es ihm wirtschaftlich so gut geht wie heute, hat er seiner Kopfstimme zu verdanken. Sein seelisches Befinden jedoch wird dadurch immer schlimmer, denn die Seele müsste mehr der Herzstimme gehorchen, die er aber aus wirtschaftlichen Gründen vernachlässigt.

Nur so kann man es sich erklären, dass Menschen, die solange mit den Tieren in Einklang lebten, es heute nicht mehr tun. Massentierhaltung und deren Folgen gibt es nur, weil Menschen das große Geld damit verdienen wollen, während das „Lebensmittel" Tier immer billiger werden soll, damit der Mensch für sein Geld so viel wie möglich bekommt, also auf nichts verzichten muss. Die Generationen nach dem Krieg sind in eine Wohlstandsgesellschaft hinein geboren worden, in der sie auf nichts verzichten müssen. Alles was ihnen schmeckt, können sie sich leisten. Hunger haben sie nie kennengelernt und wenn ihnen ihr Essen nicht schmeckt, wird es weggeworfen. Kinder in Großstädten kennen Tiere vor allem als Stofftiere und die wenigsten fragen sich, woher das Essen kommt. Hauptsache billig ist es und man kann es sich leisten.

Den Menschen, die in der Massentierhaltung arbeiten, schalten ihre Herzstimme aus, ignorieren sie komplett und können dadurch herzlos arbeiten. Sie wollen ihr Geld verdienen und weiter wird nicht gedacht. Sollte ihre Herzstimme immer wieder einmal an sie appellieren, begegnen sie ihr mit dem Argument, dass wenn sie es nicht tun, es eben ein Anderer tut. Damit ist das Leid nicht weniger geworden und jeder muss schauen, wo er bleibt. Das sagen sich die Großen in der Geschäftsleitung, genauso wie die Arbeiter an ihren Arbeitsplätzen.

Auf diese Weise sind wir da hingekommen, wo wir heute sind, und die Tiere haben darunter zu leiden. Immer wieder sehen wir, wie wichtig es ist, auf die Herzstimme zu hören. Aber wie ich ja schon betonte, liegt es an der Wohlstandsgesellschaft, in der auch wir Haustiere leben und genauso dazu neigen, unserer - wenn auch kleinen - Kopfstimme zu viel Gehör zu schenken.

Kapitel 16

Jetzt muss ich mich mal als Oma melden.
Bisher habe ich mich an meinen Wachtraum gehalten und Coffee als Wortführer benützt. Doch was heute passiert ist, muss ich ihnen, lieber Leser, selber mitteilen. Bei Facebook fand ich einen Artikel über die Schuhmann-Resonanz, den ich mir durchlas. Am Ende waren noch viele Referenzen zu diesem Thema angegeben. Ich scrolle schnell drüber, ohne daran wirklich interessiert zu sein. Ohne die Überschriften wirklich zu lesen, sprang mir ein Titel sozusagen ins Gesicht. Ich tippte darauf, denn es ging um das gleiche Thema, worüber hier geschrieben wird. War das jetzt ein ZUFALL? Ich glaube nicht, dass es einer war, oder besser gesagt, er ist mir „zu gefallen" zu einem Zeitpunkt, den ich nicht besser hätte bestimmen könnte. Ich habe ihn hier in dieses Buch aufgenommen, damit Sie ihn selbst lesen können!

Das Gehirn in unserem Herzen

Unser größtes Potential erschließen wir uns, wenn wir Verstand und Herz in Einklang bringen. Wissenschaftliche Studien aus der Neurokardiologie zeigen, daß das Herz ein eigenes Gehirn mit eigenem Nervensystem (Herzgehirn mit ca. 40.000 neuronalen Verschaltungen) hat. Es ist damit fähig, zu empfinden, sich zu erinnern, zu lernen, und unabhängig vom Kopfgehirn Entscheidungen zu treffen.

Dabei führen mehr (!) Nerven vom Herzen zum Gehirn als umgekehrt, wobei das Herz auf fünf verschiedenen Wegen seine Informationen an Gehirn und den restlichen Körper weiterleitet und zwar:
1. mechanisch-biophysisch: durch Blutdruck und Pulswellenlaufzeit im Blutstrom.
2. biochemisch: über Hormone und neurochemische Botenstoffe, die im Herzen produziert und (mit 10-100m/S) gesendet werden.
3. elektromagnetisch: bei der Kontraktion des Herzens entstehen elektrische Signale, die über sein elektromagnetisches Feld (mit 300.000 km/S) weitergeleitet werden und zudem 6000 mal stärker als das Gehirn ist.
4. neurologisch: durch das Nervensystem.
5. mit dem Bindegewebssystem – seiner Piezoelektrizität als Halbleiter für Energie und Informationen, die gespeichert, gefiltert, verstärkt bzw. verarbeitet werden.
Diese unaufhörlichen Meldungen über den Zustand des Herzens an das Gehirn und den übrigen Körper helfen dem gesamten System (dessen Spielleiter das Herz ist) eine zunehmende Ordnung (Frequenzkopplung), Bewusstheit und letztendlich Kohärenz (HerzRatenVariabilität =HRV) herzustellen.

Das Gehirn in unserem Herzen
Für die Medizin war das Herz lange Zeit so ungefähr das organische Äquivalent zur Gartenteichpumpe: Es drückt halt das Blut durch den Körper und wenn es kaputt ist, wird es ausgetauscht. Einige Forscher behaupten nun aber: Das Herz ist auch ein sensibles Sinnesorgan, ein hoch entwickeltes Sinneszentrum, das eine Fülle an Informationen empfängt und verarbeitet.

Das Herz scheint buchstäblich ein zweites Gehirn zu sein. Denn zum Erstaunen vieler Forscher enthält das hoch komplexe Nervensystem des Herzens etwa 40.000 Neuronen, die ein eigenständiges und vom Gehirn und unserem autonomen Nervensystem unabhängig agierendes Netzwerk bilden, das jedoch über vielfältige Wege in Kommunikation mit unserem Kopf-Gehirn steht. Über unterschiedliche afferente Nerven sendet das Herz fortwährend Informationen an das Kopf-Gehirn und beeinflusst dadurch unsere Wahrnehmungen und mentalen Vorgänge.

Die Nervenbahnen aus dem Herzen erreichen das Kopf-Gehirn an der Medulla, laufen dann weiter bis in die höheren Zentren im Gehirn und haben offenbar großen Einfluss auf die Amygdala – ein wichtiges Zentrum für Instinkte, Emotionen und Angst. Interessant ist dabei, dass das Herz-Gehirn offenbar völlig eigenständig "denkt" – unabhängig von Gehirn und Nervensystem.

"Das Nervensystem im Herzen (das Herz-Gehirn) ermöglicht es dem Herzen unabhängig von der Großhirnrinde zu lernen, zu erinnern und Entscheidungen zu treffen. Außerdem haben zahlreiche Experimente demonstriert, dass die Signale, die das Herz ununterbrochen zum Gehirn sendet, die höheren Gehirnfunktionen, die mit Wahrnehmung, Kognition und der Verarbeitung von Emotionen befasst sind, maßgeblich beeinflusst" berichtet Rollin McCraty, Ph.D., vom Institute of Heart Math.

Das Magnetfeld des Herzens
Eine noch viel erstaunlichere Entdeckung der Forscher am Institute of Heart Math ist aber das ungeheure Magnetfeld des Herzens: Die elektrische Komponente dieses Feldes ist etwa 60-mal stärker als die des Gehirns, die magnetische sogar bis zu 5000-mal und kann noch mehrere Meter vom Körper entfernt gemessen werden.

Dieses Herz-Feld pulsiert und sendet komplexe rhythmische Muster durch den ganzen Körper, wodurch es offenbar eine Vielzahl von Prozessen beeinflusst – auch unser Gehirn synchronisiert sich immer wieder auf diesen elektromagnetischen Puls. In Entspannung und Freude synchronisieren sich auch Atem und Blutdruck. Das Herz-Feld könnte damit das synchronisierende Signal für den ganzen Körper bereitstellen, auf das wir uns bewusst einstimmen können, um sozusagen in Harmonie mit dem Herzen zu schwingen. Wenig überraschend ist es da, wenn die Forscher am Insti-

tue of Heart Math berichten, dass negative Emotionen ein sehr gestörtes rhythmisches Muster hervorrufen, während, Liebe, Freude und andere positive Emotionen sehr harmonische und gleichmäßige Felder erzeugen, wie man anhand von einer Spektralanalyse des Herz-Feldes nachweisen konnte.

Herzverbindung – die Synchronisation der Herzen
Welche Bedeutung hat das für unsere Beziehungen? Schließlich wurde nun schon mehr-fach nachgewiesen, dass sich auch die Gehirne von Menschen während eines tiefen Gesprächs soweit synchronisieren, bis die Gehirnwellen völlig identische und deckungsgleiche Muster aufweisen. McCraty und sein Team haben diese Forschung nun erweitert und glauben, dass das Herz in diesem Prozess eine wichtige Rolle spielen könnte.

"Experimente am Institute of HeartMath haben bemerkenswerte Hinweise darauf geliefert, dass das elektromagnetische Feld des Herzen Informationen zwischen Menschen übertragen kann. Wir konnten einen Austausch von Herz-Energie zwischen Individuen messen, die bis zu 1,5 Meter voneinander entfernt waren. […]

Die Ergebnisse dieser Versuche haben uns veranlasst zu folgern, dass das Nervensystem als eine Art "Antenne" fungiert, die auf die elektromagnetischen Feldern eingestimmt ist, die von den Herzen anderer Individuen erzeugt werden und auf diese reagiert. Wir glauben, diese Fähigkeit zum Austausch von energetischen Informationen ist eine angeborene Fähigkeit, welche das Gewahrsein erhöht und wichtige Aspekte wahrer Empathie und Sensibilität für andere vermittelt."

Das Herz als Hormondrüse

Aber auch ganz biologisch tut das Herz weit mehr, als nur zu pumpen: In den achtziger Jahren wurde das Herz erstmals als eine Hormondrüse klassifiziert. Im Nervensystem des Herzens werden genau wie im Gehirn verschiedene Neurotransmitter und Hormone ausgeschüttet, die Einfluss auf den ganzen Körper haben. Noradrenalin, Dopamin und Oxytocin sind die wichtigsten dieser Hormone, wobei Oxytocin vor allem deshalb interessant ist, weil es als das "Liebes-Hormon" gilt, das maßgeblich Mutterliebe, Verbundenheit, Toleranz, Verständnis und soziales Verhalten beeinflusst.

Vom Kopf ins Herz

Haben all die Indianer, weisen Männer und Frauen, Meister und Gurus, die uns seit Hunderten von Jahren raten, dem Herz zu folgen. Zumindest kommen wir scheinbar dem Mysterium des Herzens immer näher, jenem Ort, der die Welt mit dem Absoluten verbindet und die Erde mit dem Himmel.

Dies bedeutet, dass unsere Herzschläge mehr sind als nur mechanisches Pulsieren einer Pumpe, sondern sie sind eine intelligente Sprache mit erheblichem Einfluss darauf, wie die Aktivitäten der höheren Gehirnbereiche kognitive und emotionale Informationen verarbeiten und wie wir uns letztendlich in der Welt verhalten.
"Das ganze Universum ist im Körper enthalten, der ganze Körper im Herzen. So ist das Herz der Kern des ganzen Universums." (Ramana Maharshi)

Können Sie sich vorstellen, wie mir in diesem Moment zumute war? Meine Herzfrequenz war weit höher als normal, meine Freude unbeschreiblich. Der Artikel kommt aber nicht nur mir zu Gute, sondern ich kann ihn jetzt mit meinen Lesern teilen. Vielleicht haben Sie jetzt das gleiche Gefühl wie ich. Meine Tochter und ich mussten dieses Buch schreiben und Sie, lieber Leser, müssen es gerade jetzt lesen. Wir haben im Moment alle keine andere Wahl! Die Welt ändert sich. Mit diesem Buch, das uns ja zeigt, dass nicht nur der Mensch ein Herz besitzt, können wir alle dazu beitragen, dass wir künftig in einer besseren Welt leben.

Jedes Tier, das ein Herz besitzt um zu leben, besitzt genau alles, was wir hier über das Herz gelesen haben. Warum sollte ein Herz in einem anderen Körper anders reagieren? Der einzige Unterschied ist, dass Tiere danach leben, da ihr Kopfgehirn nicht so stark ausgeprägt ist, wie das des Menschen. Dafür aber ist ihr Herzgehirn mehr in Benützung als das des Menschen.

Oben genannter Artikel ist im Jahr 2012 erschienen. Wie viele Menschen haben davon gehört? Man sollte doch glauben, dass eine so bahnbrechende Erkenntnis unserer Naturwissenschaften in allen Medien rund um die Welt veröffentlicht wird. In spirituellen Kreisen spricht man schon lange davon. Aber das nimmt der hauptsächlich kopfgesteuerte Mensch nicht ernst, was wiederum von stark kopfgesteuerten Menschen so gewollt ist. Doch scheint es mittlerweile Naturwissenschaftler zu geben, die auch ihre Herzstimme nicht mehr ignorieren und dieser „Stimme“ mit naturwissenschaftlichen Methoden auf den Grund gehen. Und siehe da, was man da alles erforschen kann, und es sich dabei bestätigt, dass wir neben dem Kopfgehirn auch noch über ein Herzgehirn verfügen.

Die kopfgesteuerte Menschheit scheint zu spüren, dass ihr die Felle davonschwimmen! Auch wenn sie sich noch so anstrengt, die Herzstimme zu ignorieren, ab und zu hören sie sie doch. Eine kopfgesteuerte Gesellschaft lässt sich leichter regieren, das heißt beeinflussen. Die Kopfstimme kann man manipulieren und damit macht der Mensch das, was man von ihm will. Somit kann man ein Machtgefüge kreieren, wie es sich

einzelne Machtbesessene vorstellen. Damit ist es den „Machthabern“ auf unserer Erde gelungen, dass wir unserer Herzstimme so wenig Gehör schenken.
Doch wie mir scheint, ist der normale Mensch bereit, dies zu ändern. Man kann ja schon eine Weile beobachten, dass sich vieles, was bisher im Argen lag, bessert. Gerade auch im Tierschutz kann man das erkennen. Die Menschen greifen immer mehr zu biologischen Produkten. Fleisch und Gemüse vom Biobauern wird immer beliebter.

Ich habe festgestellt, dass der Mensch leider sehr oft zum Übertreiben neigt und zwar in jede Richtung. Das ist eines unserer großen Fehlverhalten, das meines Erachtens unserer Kopfstimme zuzuordnen ist. Wir hören im Moment mindestens zu 90–95 Prozent auf unsere Kopfstimme und zu den paar restlichen Prozenten auf unsere Herzstimme. Der umgekehrte Fall wäre sicherlich auf unserer Erde auch verkehrt. Das wäre die Übertreibung im Gegenteil. Alles Übertriebene ist nicht gut. Die Mitte ist, wie eigentlich jeder weiß, das Beste. Ich bin fest davon überzeugt, dass unser Herzgehirn in der Lage ist, uns das mitzuteilen. Denn das, was wir unser schlechtes Gewissen nennen, ist das, was uns den Ausgleich zeigt. Würden wir auf dieses mehr hören, würden wir in einer besseren Welt leben. Die Herzstimme zeigt uns liebevoll den Weg, den wir gehen sollen. Wiederholt sie sich aber immer

und immer wieder, so nennen wir das unser schlechtes Gewissen. Warum nennen wir sie „schlechtes Gewissen“, denn sie ist ja eigentlich alles andere als schlecht? Weil sie uns auffordert, etwas anderes zu machen, als es unsere Kopfstimme möchte und das immer wieder. Sie gibt nicht auf und wir hören es immer wieder und das bezeichnet dann unsere Kopfstimme als schlecht. Auf etwas Schlechtes muss man nicht reagieren, so hat man es uns beigebracht.
So nun hoffe ich, dass ich Sie nicht gelangweilt habe mit meinen persönlichen Anmerkungen und gebe das Wort zurück an Coffee!

Kapitel 17

Wir Schoßhunde haben ja nun wirklich nicht die Probleme von Euch Menschen, was mich sehr glücklich macht. Wir genießen das Leben mit unserer Menschenfamilie und wenn wir brav und ein wenig folgsam sind, bekommen wir fast alles, was wir uns wünschen. Unsere Menschenfamilie ist von uns ganz entzückt, weil wir so niedlich und putzig sind. Was braucht der Hund mehr! Als Schoßhund geboren zu werden, ist das Beste, was einem passieren kann. Große Hunde werden natürlich auch geliebt, aber so in Frauchens oder Herrchens Schoß zu kuscheln ist ihnen wegen ihrer Größe nicht so einfach möglich. Außerdem wird von einem großen Hund mehr erwartet. Warum das so ist, weiß ich auch nicht. Vielleicht meint der Mensch, dass er mehr versteht, weil er ein größeres Gehirn hat? Ich kann Euch versichern, dass das nicht der Fall ist. Mag das Gehirn des Menschen dadurch, weil er ja selbst größer ist, auch größer sein, aber gescheiter als wir Kleinen ist er nicht. Es gibt unterschiedliche Rassen, die unterschiedliches können, weil die Menschen sie so gezüchtet haben. Da gibt es dann schon Rassen, die bestimmte Dinge besser können. Manche zum Beispiel sind sehr kinderlieb, was

nicht jeder Rasse nachgesagt wird, und so gibt es noch viele andere Beispiele.
Da fällt mir gerade Nelly ein. Als Retriever kann sie Tiere ins Maul nehmen, ohne sie zu verletzen. So manch' anderer Hund würde die Beute an Ort und Stelle verputzen. So einen Hund kann natürlich ein Jäger nicht gebrauchen. Mit mir hätte ein Jäger auch keine Freude! Ihm seine Beute zu bringen würde mir im Traum nicht einfallen. Ich würde ja gar nicht wissen, warum ich losrennen sollte, wenn er den Befehl dazu gibt. Vor allem wohin? Das zu erlernen ist mein Gehirn nicht in der Lage. Es würde mir auch überhaupt nicht gefallen. Wenn ich etwas finde, dann gehört es mir und freiwillig gebe ich das schon gar nicht her. Nicht umsonst nennt man mich Schoßhund und nicht Jagdhund.

Ein Schoßhund hat eigentlich keine besonders schweren Aufgaben hier auf der Erde. Außer den Menschen glücklich zu machen, was ja nicht schwer ist, haben wir nichts Wichtiges zu tun. Aber die Menschen haben Freude daran uns zu beschäftigen, auch wenn man gar nicht erkennt, wofür das gut sein soll. Meine kleine Besitzerin Julia zu Beispiel ist ganz scharf darauf, mir irgendwelche Kunststückchen beizubringen. Da hat sie sich verschiedene Gerätschaften gekauft und macht mit mir „agility“ oder wie das heißt. Da renne ich auf einem Brett nach oben und dann plötzlich geht es nach unten. Wenn ich dann unten ankomme bekomme ich ein Leckerli und sie tätschelt mich und sagt immer: „Fein, mein Coffee, fein machst du das". Dann soll ich durch einen Stofftunnel laufen und wieder bekomme ich ein Leckerli. Wenn es klappt, strahlt sie über das ganze Gesicht und ist so glücklich. Da mache ich das natürlich auch gerne, und sehe wie einfach es doch ist, meine Familie glücklich zu machen. Man muss schon mal ganz ehrlich sagen, mich macht das ja auch glücklich. Wie sagen die Menschen so schön, wie man in den Wald hinein bellt, so kommt es wieder heraus.

Aber manchmal fällt es mir auch schwer zu gehorchen. Ab und zu passiert es, dass unser Tor automatisch aufgeht, weil Herrchen mit dem Auto nach Hause kommt. Da kann ich nicht an mich halten und renne so schnell ich nur kann aus dem Tor hinaus. Kaum bin ich draußen angekommen und beschnuppere den Nachbarzaun, schon höre ich meinen Namen rufen. Wenn ich da jetzt darauf hören würde, wäre mein Freigang schon wieder beendet. Also tue ich so, als ob ich nichts höre und renne weiter. Da bemerke ich dann, wie mein Frauchen hinter mir her läuft und immer meinen Namen ruft. Natürlich höre ich den, aber ich kann nicht an mich halten und muss weiter rennen. Wenn die Stimme dann böser und lauter wird, denke ich, vielleicht ist es doch besser zu ihr zurückzukommen. Man weiß ja nie was passiert, wenn sie kurz vor dem Ausflippen ist. Also drehe ich mich lieber um und komme ihr entgegen. Manchmal, aber wirklich nur gaaanz selten, packt mich dann so ein Rappel und kurz vor ihr - sie streckt schon ihre Hand nach mir aus - drehe ich wieder um und weg bin ich. Das tut mir dann sofort wieder leid, denn so mache ich sie natürlich nicht glücklich, und dreh' wieder um. Wenn sie mich dann endlich auf ihrem Arm hat, bekomme ich kein Leckerli, was es sonst, wenn ich weglaufe, aber gleich wiederkomme, immer gibt. Dann schimpft sie mich und meint, ich könnte von einem Auto überfahren werden und dann wäre ich mausetot.

Flora ist da schon etwas braver, die läuft eigentlich nie weit weg. Nicht einmal dann, wenn wir spazieren gehen. Da bleibt sie immer ganz in der Nähe von Vicky. Vielleicht liegt das daran, dass ich ein Rüde bin, denn ich kann mir auch nicht erklären, warum ich als erstes immer weglaufen will. Denn wenn ich es mache, gefällt es mir gar nicht, irgendwo alleine herumzurennen. Sehe ich Vicky nicht mehr, wird mir ganz Angst und ich denke voller Schrecken, dass ich sie nicht mehr finden könnte. Das ist mir schon ein paar Mal passiert. Da renne ich so vor mich hin, bin ganz beschäftigt mit schnuppern und plötzlich denke ich daran mal zu schauen, wo die anderen sind. Was für ein

Schreck durchzieht mich, wenn ich keinen meiner Menschen mehr sehe! Da drehe ich dann sofort um. Da ist mir dann alles, was noch vor mir gelegen ist, egal, und ich suche meine Menschen. Ich kann sie nirgendwo entdecken und doch, plötzlich stehen sie vor mir. Wie das geschehen kann ist mir schleierhaft, denn außer Bäumen sehe ich nichts anderes. Aber das ist in dem Moment für mich gar nicht so wichtig, Hauptsache sie sind wieder bei mir. Bei so einem Spaziergang passiert mir das nicht noch einmal, denn jetzt lasse ich sie nicht mehr aus den Augen. Ich bin aber jetzt schon viel besser geworden, was vielleicht am Alter liegt, denn das ist mir schon lange nicht mehr passiert. Man lernt ja auch dazu und ich lasse sie so gut wie nie mehr aus den Augen.

Sind wir dagegen im Stall bei den Pferden, dort kenne ich mich zwischenzeitlich so gut aus, und da ist auch immer Nelly dabei. Da lungern wir Zwei schon mal ohne Vicky herum. Dort ist es aber auch schön. Es gibt Gerüche aller Art. Da möchte man ständig markieren, aber so viel Urin habe ich gar nicht, dass es für alles reicht. Nelly geht es nicht anders! Sie ist ja schon eine alte Dame. Aber da solltet ihr sie mal sehen, die rennt mit mir herum, als wäre sie noch so jung wie ich. Wenn wir dann aber zum Auto kommen und heimfahren wollen, muss sie Vicky ins Auto heben. Da hat sie dann keine Kraft mehr. Sie könnte ja auch bei Vicky und Flora bleiben, aber nichts da, sie muss mit mir mit. Es reicht ihr auch nicht, so wie mir, nur zu markieren, nein, sie muss buddeln. Das macht sie für ihr Leben gern, ein Loch nach dem anderen. Es ist mir nach wie vor schleierhaft, warum sie das macht, aber sie macht es halt, weil ihr das gefällt, wie sie meint. Ich habe es dann auch schon mal ausprobiert, was mir aber keinen Spaß macht. Da sind meine Beinchen halt doch zu klein und zu dünn. Außer, dass es anstrengend ist, finde ich nichts Besonderes daran.

Flora bleibt im Stall meist sehr nah bei Vicky. Manchmal rennt sie mit uns los, aber kurz darauf rennt sie wieder zu Vicky zurück. Die beiden sehen dann Julia beim Reiten zu, obwohl die doch nur immer im Kreis reitet oder immer wieder über die gleichen Sprünge springt. Was ist daran so aufregend, dass man da zuschauen muss? Vicky steht dann in der Mitte des Platzes, Flora ganz nah an ihren Füßen, und Vicky sagt ab und zu etwas zu Julia. Na ja, so kann man sich seine Zeit auch vertreiben, jeder wie es ihm gefällt.

Wenn wir dann nach Hause kommen, sind wir alle sehr müde und wir Hunde legen uns zum Schlafen hin. Vicky kocht und Julia sitzt am Tisch, holt sich etwas aus ihrer Schultasche und schreibt. Warum sie das jeden Tag macht, weiß ich auch nicht so recht, aber es hat was mit ihrer Aufgabe im Leben zu tun,

denn sie sagt immer, dass sie lernen muss. Haben wir ein Glück, dass wir das nicht machen müssen. Nach so einem anstrengenden Nachmittag, statt zu schlafen muss sie lernen. Das arme Kind!
Nachdem wir ein Weilchen geschlafen haben, bin ich der erste, der wieder fit ist. Um diese Zeit kommt dann auch unser Herrchen nach Hause und dann essen sie gemeinsam. Am Schönsten finde ich den Abend, wenn wir ins Bett gehen. Wir dürfen nämlich alle mit im Schlafzimmer schlafen. Nelly und Flora haben ihre eigene Matratze am Boden und ich bin in Vickys Bett. Flora, die ja sonst immer an Vickys Seite ist, schläft in der Nacht neben Vickys Bett am Boden, ihr ist es im Bett zu warm. Ich dagegen bin heilfroh, mit im Bett schlafen zu dürfen, da ich es dort schön warm habe und nicht frieren muss. Ich schlafe aber am Fußende von Vickys Bett, denn ich möchte in der Nacht schon meine Ruhe haben und nicht gestört werden, wenn sie sich umdreht. Das verstehe ich sowie nicht, warum sich Menschen in der Nacht ständig von einer Seite zur anderen drehen. Wir Hunde, und soweit ich das verfolgen kann auch die Katzen, schlafen ganz ruhig in der gleichen Stellung, in der wir uns zum Schlafen hingelegt haben.

Am Morgen beobachte ich mein Frauchen, wann sie endlich aufwacht! Wir gestehen ihr ja zu, dass sie eine Weile länger schläft als wir, aber wenn es uns dann

doch zu lange dauert, gehe ich an ihren Kopf und fange ganz vorsichtig an, sie abzuschlecken. Meistens bringt das was und sie lächelt mich an und sagt: „Ja, ich stehe ja schon auf, nur mit der Ruhe“. Kaum hat sie das gesagt, stehen Flora und ich bereit, mit ihr nach unten zu gehen. Sie lässt uns dann in den Garten, was sehr gut ist, denn wir müssen ja auch mal nach so einer langen Nacht unser Geschäft verrichten. Nelly bleibt immer länger liegen, kommt aber dann im Laufe des Vormittags langsam angetrottet. Sie ist halt schon eine ältere Dame.
Amadeus schläft auch bei uns im Schlafzimmer. Aber die anderen zwei Katzen sind viel lieber in der Nacht draußen. Katzen sind schon sehr verschieden. Das finde nicht nur ich, sondern auch Oma. Da hörte ich einmal zu, wie sie Vicky von einer Katze Namens Silky erzählte. Silky ist die Katze von Anika, die auch ein Enkelkind von Oma und Opa ist, jedoch von ihrer anderen Tochter Alexandra. Silky scheint eine ganz besondere Katze zu sein. Mit der kann Anika machen was sie will, sie lässt sich von ihr einfach alles gefallen. Das begeistert Anika natürlich sehr und Silky ist daher ihr liebster Spielgefährte. Die kann man in den Puppenwagen legen und da bleibt sie drin. Sogar Kleider zieht sie ihr an. Silky ist einfach glücklich, wenn Anika mit ihr spielt. Wenn Anika Ferien hat, denkt ihre Mama Alexandra, es könnte der Silky zuviel werden, denn sie macht dann oft einen erschöpf-

ten Eindruck und verschwindet für eine Weile. Doch sie geht immer wieder in Anikas Zimmer. Oftmals hat Alexandra dann das Gefühl, dass sie das nicht immer freiwillig macht, was aber nicht stimmt, denn wenn es ihr zuviel wird, verschwindet sie einfach. Oma sagte dann, es ist unglaublich, wie Anika die Silky rumschleppt. Eine normale Katze würde sich das nicht gefallen lassen. Natürlich darf das auch nicht jeder mit ihr machen. Sie gewährt das nur Anika. Silky und Anika scheinen sich sehr lieb zu haben, denn nur dann lässt man das alles zu. Da sieht man wieder, dass auch Katzen anders sein können als so, wie ich sie kenne. Silky kennt aber auch Anika schon seit sie klein war. Da hat sie sich wohl schon in Anika verliebt, denn nur die Liebe lässt so etwas zu. Ansonsten scheint Silky eine ganz normale Katze zu sein, die sich bei allen anderen Menschen auch ganz normal verhält. Aber Alexandra erzählt auch, dass sie schon ein bisschen doof ist, denn wenn es regnet und sie gerade draußen ist, könnte sie da, wo sie eigentlich immer reingeht, trocken bleiben, denn dort ist es überdacht. Doch bei Regen will sie genau an der Türe rein, bei der sie klitschnass wird. Wenn sie Silky dann reinlässt, beschwert sie sich ganz fürchterlich und hört gar nicht mehr auf zu miauen. Alexandra kann nicht verstehen, warum sie das macht. Na ja, das hört sich schon ein bisschen doof an, aber wer weiß, warum sie das macht. Ich kenne sie ja persönlich nicht und kann sie daher nicht fragen. Auf jeden Fall hört sich das sehr schön an und ich hätte auch nichts dagegen, wenn wir so eine Katze hätten. Es scheint bei Katzen ähnlich zu sein wie bei uns Hunden, je nach Rasse können Sie doch sehr unterschiedlich sein.

Kapitel 18

Die neapolitanischen Tiere sind doch ganz anders als wir aus Deutschland. Vicky hat da auch schon ihre Erfahrungen gemacht und kann hierzu mehr sagen als ich.

Wie bei vielen Menschen in Deutschland mittlerweile bekannt ist, gibt es im Süden Italiens viele Streunerhunde und Katzen. Das ist leider auch hier in und um Neapel der Fall. Der Grund hierfür ist nicht wirklich bekannt, aber viele reden davon, dass die Tiere eigentlich irgendwann mal ein Zuhause hatten. Aber als einige Menschen den Tieren überdrüssig wurden, hat man die Katze oder eben auch den Hund einfach ausgesetzt und vernachlässigt. Diese Armen waren leider auch nicht sterilisiert bzw. kastriert und konnten so ungehindert viele kleine Welpen zeugen. Warum Menschen so etwas machen, was genau sie sich dabei denken, ist für Tierliebhaber nicht nachvollziehbar, würden wir doch unseren letzten Cent für das Wohl der Tiere opfern. Leider ist aber eben genau diese Tierliebe der Menschen der Grund dafür, warum diese Tiere dann sogar noch mehr leiden müssen.

Man muss sich aber erst einmal die Frage stellen, was ist einem Tier wichtig? Was bedeutet für das Tier Lebensqualität? Ist es die Freiheit? Ist es die Bewegungsmöglichkeit, ist es der Anschluss an den Menschen oder einfach nur, dass es nicht hungern muss?

Wenn man den letzten Punkt als den wichtigsten sieht, dann haben die Streuner in und um Neapel mittlerweile ziemliches Glück, denn zwischenzeitlich gibt es eine staatliche Förderung: jedes Tierheim erhält pro Hund einen festen Betrag. Dies war zunächst eine schöne Idee, denn man hatte gedacht, auf diese Weise müssten die Streunerhunde nicht im Müll nach Nahrung wühlen oder im Extremfall sogar irgendwann vielleicht verhungern.

Leider gibt es aber Menschen, die in dieser staatlichen Förderung gleich wieder einen Profit riechen, denn nur deshalb sind auf einmal die Tierheime um Neapel wie Pilze aus dem Boden geschossen. Naja, denken wir unschuldige, tierliebende Menschen, das ist doch letztlich egal, aus welchem Grund die Tierheime gebaut wurden, Hauptsache, die armen Tiere müssen nicht mehr hungern. Die Wirklichkeit sieht aber leider so aus, dass pro Tierzelle vier bis fünf Hunde eingepfercht hinter Gittern den Rest ihres Lebens verbringen. Sie haben nicht etwa schöne Schlafplätze, sondern liegen auf pflegeleichten, mit dem Wasserschlauch leicht zu reinigenden Metallböden, welche im Sommer viel zu heiß und im Winter viel zu kalt sind! Ist das jetzt schöner für die Hunde? Ist das Lebensqualität? Sicher ist, sie bekommen dort Futter, aber ihren Bewegungsdrang können Sie dort nicht stillen. Und leider werden diese Hunde auch nie vermittelt, denn das würde ja für den Tierheimbesitzer bedeuten, dass er die finanzielle Förderung nicht mehr erhält! Manchmal stellt man sich da wirklich die Frage, ob der Tod für so ein Tier nicht weniger Qual wäre, vor allem für die eingefangenen Tiere in diesen Zwingern! Sie leiden fast noch mehr unter der Hitze und Kälte, als ihre Kumpels, die noch in der Freiheit sind, können sich diese immerhin ein kühles oder warmes Plätzchen, je nachdem was gerade nötig ist, suchen.

Also fragt man sich, was sind die Alternativen? Wie kann man das Problem in den Griff bekomme? Eine interessante Initiative hat eine deutsche Tierärztin vor über dreißig Jahren hier um Neapel ergriffen. Sie sammelt die Streunertiere einmal in der Woche ein, kastriert sie und lässt sie wieder laufen. Dies reduziert immerhin schon einmal die Gefahr, noch mehr Streuner zu zeugen. Allerdings ist es natürlich für die im Moment lebenden Tiere keine Hilfe, denn sie haben immer noch kein Zuhause, keinen Menschen, der sie lieb hat und vor allem leiden sie immer noch unter

Hunger. Trotzdem, muss man ehrlich sagen, hat diese Initiative schon einiges bewirkt, denn die Zahl der Streuner ist bei weitem nicht mehr so hoch wie sie schon einmal war. Zumal viele Neapolitaner ja eigentlich ein Herz für die restlichen Streunertiere haben und diese füttern. Ausgemergelte, magere Hunde sehen wir hier ganz wenige. Aber sicherlich liegt das auch an der Initiative der oben erwähnten Tierärztin. Denn durch sie gibt es einfach weniger Tiere und es ist einfacher, die wenigen mit Futter zu versorgen. Aber sicherlich liegt es auch daran, dass es mittlerweile Menschen hier gibt, die sich bemühen, für die Streuner ein Zuhause zu finden, ohne den Umweg über das Tierheim. Ein Zuhause ist natürlich immer noch das schönste für die Tiere, denn obwohl der Mensch Schuld an dieser Misere ist: die Tiere lieben den Menschen und nur beim Menschen geht es den Tieren wirklich gut.

Hunde und Katzen sind schon tolle Geschöpfe und sobald man zu ihnen nett ist, erwidern sie dies mit Liebe, Zuneigung und Vertrauen. Sie sind uns Menschen nicht böse und nicht nachtragend. Ein Mensch ohne viel Tiererfahrung könnte jetzt schlussfolgern, dass Tiere zu solchen Gefühlen nicht weit genug entwickelt sind. Aber ist das wirklich ein Gefühl, welches eine höhere Entwicklung anzeigt? Oder ist es ganz im Gegenteil ein Zeichen dafür, dass uns die Tiere einen

Schritt voraus sind? Wenn ein Mensch böse oder nachtragend ist, ist das ja nichts Positives. Tiere sind vermutlich nicht in der Lage, solche Gefühle zu hegen, weil sie es nicht mehr nötig haben. Dies sollten wir uns als Beispiel nehmen. Auch wir Menschen sollten lernen, dass man mit Liebe viel weiter kommt und negative Gefühle wie nachtragend sein oder auf jemanden böse zu sein, uns nur selber schaden.

Ich sage bewusst „Tiere“ und nicht nur Hunde und Katzen, denn ich sehe dasselbe Phänomen zum Beispiel bei Pferden. Auch diese haben es nicht nötig, sich an uns Menschen für unser Fehlverhalten zu rächen! Ganz im Gegenteil, Pferde versuchen alles in ihrer Macht stehende, um friedvoll mit den Menschen zu leben. Sie versuchen die Körpersprache des Menschen zu lernen und sie lassen sich von den Menschen so unendlich viel gefallen. Hier sieht man auch wieder einmal, wie viel der Mensch noch lernen muss, mehr auf sein Herz zu hören!

In Deutschland ist dieser Prozess zum Glück für die Pferde schon etwas weiter. Soweit es jedoch Neapel betrifft, könnte ich hier ganz andere Geschichten erzählen, Geschichten von einem weniger schönen Pferdeleben und die mich mitunter an meine Kindheit erinnern, teilweise aber noch ein Stück schlimmer sind.

Als ich Kind war und meine Mutter mich das erste Mal zum Reitunterricht anmeldete, freute ich mich wie eine Schneekönigin auf diese tollen Tiere. Keine Ahnung, woher die Freude kam, denn eigentlich hatte ich vorher noch keinen bewussten Kontakt mit Pferden gehabt. Irgendwie weiß ich heute nur noch, dass ich mich auf die Pferde sehr freute. Wir kamen also an einem Stall an und innen waren lauter ca. 3x4 Meter große Boxen, in denen jeweils ein Pferd auf Sägespänen stand. Meine erste Reitstunde fand an einer sogenannten Longe auf einem sehr lieben Tier statt. Dies bedeutet, die Lehrerin stand in der Mitte und hielt eine lange Schnur, eine Longe, welche am Zaumzeug des Pferdes befestigt war. Somit konnte sie das Tier kontrollieren und das Pferd ging brav im Kreis um die Lehrerin herum.

Ich folgte also den Anweisungen der Reitlehrerin und machte verschiedene Balanceübungen auf dem Rücken des Pferdes und war überglücklich. Aus meiner damaligen Sicht ging es den Pferden gut. Ich machte mir keine Gedanken darüber, ob die Pferde glücklich in ihren Boxen sind und ob das den Pferden als Lauftieren gerecht wird, in so einer mit Gitterstäben versehenen Box zu stehen, ob die Sägespäne dem Verdauungsapparat des Pferdes zuträglich sind, wenn es ansonsten nur dreimal am Tag mit Heu gefüttert wird. Außerdem bekam es ja sogar Hafer, den das Pferd besonders zu mögen schien, denn es blubberte dann immer ganz aufgeregt, wenn es nur den Haferwagen hörte. All dies schienen für mich Indikatoren für glückliche Pferde zu sein. Aber war das wirklich artgerechte Haltung? „Artgerecht“, dieses Wort bedeutete mir damals noch nichts, und genau das scheint mir, als würde es die Menschen hier um Neapel auch noch nicht wirklich beschäftigen.

Ein Pferd ist ein Lauftier. In der Natur bewegt es sich um die 16 Stunden pro Tag, während es beim Grasen ist. Die Verdauung ist genauso ausgerichtet, dass ein Pferd keine langen Futterpausen hat, sondern laufend kleine Mengen zu sich nimmt. In den Stallungen, wie oben erwähnt, können die Pferde sich weder ständig bewegen, noch haben sie unlimitierte Futterquellen. In der Regel sieht deshalb der Alltag eines Pferdes so aus, dass es knapp 23 Stunden pro Tag in einer kleinen Box hinter Brettern und Gittern verbringt und darauf wartet, dass es zweimal pro Tag Heu gefüttert bekommt und einmal am Tag sogenanntes Kraftfutter, das zur Masse aus Hafer besteht, welcher den Pferden Energie liefert, Energie, welche diese Pferde eigentlich gar nicht brauchen, denn sie werden ja nur eine Stunde pro Tag geritten. Diese Stunde ist für das Pferd das Highlight des Tages, für mich als Zuschauer ist es leider eine Stunde des Horrors! Solange die Pferde in ihren Boxen stehen, versuche ich mit all meiner Kraft, die armen Pferde in ihrem Leid zu ignorieren. Auf dem Reitplatz kann ich aber leider nicht mehr wegsehen und es rührt mich zu Tränen, wie mit den armen Tieren umgegangen wird.

Es sollte mich jetzt niemand falsch verstehen. Ich möchte nicht zu den Besserwissern gehören, die immer am Rand stehen und alles in Frage stellen und immer meinen, sie können als einzige alles richtig machen. Ganz im Gegenteil. Ich stelle mir ständig die Frage, ob wir alles in unserer Macht stehende tun, um es den Pferden so schön wie möglich zu gestalten und gleichzeitig dem Wohle des Pferdes dienen. Denn natürlich könnte man sagen, in der Freiheit sind sie am besten aufgehoben. Das stimmt in meinen Augen eben auch nicht. Denn ich erlebe jeden Tag, wie sehr sich die Pferde auf den Besuch der Menschen freuen, und wie sie den Kontakt suchen und mögen. Sie mögen es auch, wenn wir sie reiten. Aber dieses Reiten sollte natürlich so gesund wie möglich für das Tier sein. Das heißt, man muss versuchen, das Pferd so auszubilden und zu reiten, dass es genügend Muskeln aufbauen kann, um das Gewicht des Reiters problemlos tragen zu können. Man sollte als Reiter wissen, warum das Pferd eine Trense trägt, warum es sogenannte Reiterhilfen benötigt, warum es Muskeln braucht, damit es letztlich lange gesund leben und alt werden kann.

Wenn ich dann also am Reitplatz stehe und die Pferde nicht mehr in ihrem Schicksal ignorieren kann, da sie mir direkt vor Augen geführt werden, sehe ich steife Tiere, die gerade dort keine Muskeln haben, wo sie sein sollten. Ich sehe Menschen, die auf ihnen sitzen und keine Ahnung haben, wie steif ihre Pferde eigentlich sind, die sich keine Gedanken über die Anatomie und Physiologie der Pferde machen. Stellen Sie sich vor, 23 Stunden am Tag nur im Bett zu liegen, um dann aufzustehen und sofort loszurennen. Ohne Aufwärmephase, ohne Dehnübung. Wie gut würde Ihnen das tun? So sieht leider aber die Wirklichkeit hier in Neapel immer noch aus. Die Pferde sind kaum auf dem Platz angekommen, da wird sofort angefangen zu traben, zu galoppieren und zu springen. Je höher desto besser, um danach ein total atemloses Pferd, das komplett verschwitzt ist, am Putzplatz anzubinden bis es trocken ist und es dann in seine Box zurückzubringen! Ich frage mich oft, wie es in diesen Pferden aussieht. Was denken sie? Wissen sie, warum sie hier auf dieser Erde sind, warum sie bei diesen Menschen leben?

Bemerkenswert ist jedoch, dass die Pferde trotzdem immer noch lieb zu ihren Menschen sind. Sie freuen sich trotzdem auf ihre Menschen, rächen sich nicht für das Fehlverhalten ihnen gegenüber und bringen dennoch ihren Menschen viel Liebe entgegen.

Jetzt hat auch mein Frauchen Vicky noch einiges geschrieben. Sie wollte auch mal aus Menschensicht schildern, was sie bewegt und was ihr nicht gefällt, was man ohne viel Mühe alles machen könnte, um das Leben der Tiere zu verbessern. Sie liebt nicht nur uns Hunde und unsere Katzen, sondern auch ganz besonders ihre Pferde. So ist es für sie immer schwer anschauen zu müssen, wie andere Tiere leiden, wo es doch manchmal nur Kleinigkeiten sind, die man schnell ändern könnte, um ihre Lebensumstände zu verbessern. Da ist es doch interessant, Coco mal aus seiner Sicht erzählen zu lassen.

Kapitel 19

Was für eine lange Fahrt! Endlich dürfen wir dieses rollende Etwas verlassen. Gute Erfahrungen habe ich mit diesen fahrbaren Dingern eigentlich nicht. Jedoch habe ich schon gelernt, dass der Mensch diese Teile „Pferdetransporter“ nennt. Aber dazu später mehr. Jetzt bin ich erst einmal erleichtert, dass wir endlich raus dürfen. Wir, das sind Carino mein kleiner schwarzer Freund und ich, ein Haflinger, der seit zwei Jahren jetzt schon bei diesen Menschen leben darf. Diese Menschen, das sind ein kleines Mädchen namens Julia und deren Mama und Papa, namens Vicky und Holger.

Aus irgendeinem Grund haben sie uns vor 21 Stunden in dieses rollende Gefährt geführt, aber immer wieder angehalten, um unsere Heunetze zu ersetzen oder um uns Wasser, Karotten und diese leckeren Kleinigkeiten, die sie immer aus ihrer Hosentasche zaubern, zu gegeben. Irgendwie schienen sie immer zu ahnen, wann sich unsere Netze dem Ende zu neigten, da sie genau dann wieder anhielten, wenn der Sack leer war. Irgendwann hörte ich sie dann von einer Kamera reden, über deren Besitz sie sehr froh seien. Ich hab zwar wie so oft mal wieder gar keine Ahnung, warum sie über diese Kamera froh waren, war aber glücklich, dass sie sich freuten.

Nachdem wir nun endlich diesen Pferdetransporter verlassen hatten, waren aber nicht nur wir total erschöpft, sondern auch unsere Menschen. Obwohl wir während der Fahrt viel Heu fressen konnten, freute ich mich jetzt über den Anblick von Gras, das hier wuchs, und entschied mich, gleich einmal beherzt zuzubeißen, um es sofort wieder auszuspucken. Pfui Teufel, war das Zeug ekelig! Es schmeckte eigentlich nur nach Sand! Mit dem Gras, wie ich es kannte, hatte dieses hier nichts zu tun. So ein Gras hatte ich ja noch nie probiert! Na, hoffentlich bedeutet das nichts Schlimmes.

Nachdem mein Freund Carino und ich so platt waren und der Untergrund sich ziemlich ähnlich zu dem Untergrund in der Halle anfühlte, in der wir uns schon so oft wälzen durften, entschieden Carino und ich erst einmal, uns hier ausgiebig zu wälzen. Klar waren wir am Führstrick, und ja, unsere Vicky und Holger führten uns gerade, aber kann man es uns verübeln, uns erst einmal gewälzt zu haben? Wir wissen ja, wie wir uns hinlegen müssen, ohne unsere lieben Menschen zu verletzen. Kaum hatten wir uns entschieden, lagen wir auch schon in dem angenehmen, staubigen Untergrund. Ah, was für eine Wohltat! Vicky und Holger waren zwar sehr überrascht von dieser plötzlichen Pause während des Führens, lachten aber bloß und ließen uns gewähren. Als wir wieder aufstanden, führten sie uns an einigen unserer Artgenossen vorbei zu einem recht netten, unter Bäumen gelegenen, eingezäunten Auslauf. Hier machten sie uns von den Führstricken los und wir genossen ein weiteres staubiges Sandbad.

Puh, war es hier warm. Ohne dass wir großartig etwas geleistet hatten, waren wir trotzdem schon ganz schön verschwitzt. Und diese Fliegen überall treiben einen in den Wahnsinn. Naja, immerhin liegt hier gutes Heu und somit wendeten wir uns unserer Lieblingstätigkeit zu und fraßen. Unsere Menschen scheinen diese Tätigkeit immer etwas langweilig zu finden, denn das ist dann meist der Zeitpunkt, zu dem sie uns alleine lassen.

Am nächsten Tag brachten sie uns dann wieder diese tollen Dinger, die sie uns über Gesicht und Ohren stülpen, damit uns die Fliegen nicht ständig im Gesicht ärgern können. Ich muss ehrlich zugeben, dass Carino damit schon leicht bescheuert aussieht. Mich selber kann ich ja nicht beurteilen, jedoch befürchte ich, dass das nicht viel besser an mir aussieht. Aber letztlich ist es uns ja erst einmal egal, denn Hauptsache ist, dass uns diese Plagegeister nicht so ärgern können. Wenn ich mir dann so meine anderen Artgenossen ansehe, muss ich sagen: mit viel Temperament scheinen die ja nicht ausgestattet zu sein. Oder aber die haben einfach schon aufgegeben. Sie haben diese tollen Gesichtsdinger nicht und trotzdem bleiben sie ganz ruhig und meditieren einfach nur so vor sich hin! Wie kann man da so gelassen bleiben? Die Fliegen hier sind doch nun wirklich ganz schön lästig. Sind schon komische Nachbarn, die wir hier haben. Mal sehen ob man sich mit denen auch anfreunden kann. Bisher sind sie eher von der ruhigen Sorte.
Nachdem unsere Lieben heute wenigstens schon mal bei uns waren, hoffen wir, dass sie uns auch weiterhin besuchen kommen. Denn irgendwie hat man ja doch immer Angst, sie könnten mal nicht mehr kommen. Diese Erfahrung musste ich leider schon einmal ma-

chen und Carino schon des Öfteren. Und Ihr könnt mir glauben, das sind keine schönen Erinnerungen. Aber davon kann ich Euch ja mal zu einem anderen Zeitpunkt erzählen. Im Moment interessiert mich jetzt mehr, wo hier eigentlich diese schönen großen Grünflächen sind, wo das Futter so frisch und lecker schmeckt. Das Heu hier ist ja nicht schlecht, nicht dass Ihr mich falsch versteht, aber an das frische Gras kommt es irgendwie nicht heran, wobei das von gestern ja echt eine Zumutung war. Hoffentlich schmeckt das dann so, wie es sonst auch immer geschmeckt hatte! Naja, und ein bisschen mehr Bewegung als wir hier haben, könnte auch nicht schaden.

Leider wurde dann aber eigentlich ziemlich schnell klar, dass es unsere tollen Koppeln, wie wir sie von unserem letzten Zuhause noch kannten, hier so nicht gab. Unsere beiden Damen kamen täglich, um uns zu besuchen, zu putzten, und wollten uns auch reiten, aber auf eine Koppel führten sie uns leider nicht. Ich versuchte dann mal, mit einem unserer Nachbarn darüber zu reden, wann die denn mal auf eine Koppel kämen. Der sah mich nur total verdutzt an und sagte - was ich schon befürchtet hatte - dass er so etwas nicht kenne und es so etwas hier nicht gibt.

Gottseidank hatte mittlerweile die Fliegenplage etwas nachgelassen. Auch war es jetzt kühler geworden und vor allem fing es nun immer öfter an zu regnen. Unser sandiger Auslauf hatte keine Box zum Schutz vor dem Regen, so wie ich sie kenne, sondern nur einen Unterstand. Dieser reichte Carino und mir eigentlich auch, wenn nicht dieser schlammige Boden wäre. Unsere Hufe waren jetzt ständig nass und das fühlte sich nicht sehr angenehm an. Wir Pferde sind da zum Glück nicht nachtragend und gewöhnen uns an vieles und so auch an die nassen Hufe. Trotzdem merkte ich Vicky an, dass sie nicht glücklich mit dieser Situation war. Sie prüfte täglich Carinos und meine Beine und Hufe auf Wunden, da sie wohl Sorgen hatte, wir könnten eine Verletzung und somit krankmachende Keime in mögliche Wunden bekommen.

Nach ein paar Monaten kam eines Tages unsere Vicky und packte all unsere Sachen in ihr Auto, während wir ihr neugierig zusahen. Danach holte sie uns und wir gingen wieder zu so einem großen Gefährt. Normalerweise steige ich ja nicht gerne in diese Teile, aber meine Hoffnung war nun, dass wir wieder zurück in unser altes Zuhause kommen. Dort, wo wir auf den Feldern frei rumlaufen, toben, spielen und grasen können. Deshalb stieg ich dann doch ganz schnell ein. Carino lässt sich da eh nicht lange bitten, der ist einfach immer nur neugierig und findet sowieso alles sehr aufregend, und so ging die Fahrt ins Ungewisse wieder einmal los.

Die Reise dauerte aber viel zu kurz, um auch nur in der Nähe unseres alten Zuhauses zu sein. Während der Fahrt drehte ich meinen Kopf immer wieder nach hinten, denn ich sah, dass uns Vicky in ihrem Auto folgte, und ich wollte sichergehen, dass sie auch wirklich immer noch hinter uns war. Als dann die Tür geöffnet wurde und Vicky gleich dort stand, waren wir schon einmal froh. Und dann… wir konnten unseren Augen kaum trauen, führte uns Vicky auf eine Koppel! Endlich laufen, rennen, toben, spielen, frei sein und fressen! Es war so herrlich! Später brachten Julia und Vicky uns dann in eine mit Sägespänen eingestreute Box, die doppelt so groß war wie die unserer neuen Nachbarn und in der ich zusammen mit Carino jetzt wohnen durfte. Nach einiger Zeit schaffte Vicky es sogar, dass wir als einzige in diesem Stall nicht mehr auf diesen langweiligen, staubigen Sägespänen stehen mussten. Stattdessen bekamen wir leckeres Stroh. Dies können wir jetzt beknabbern, wenn wir mal vor unserer Fütterungszeit Hunger haben, oder an Tagen, an denen es regnet und wir nicht auf die Koppel können. Dann ist es ein schöner Zeitvertreib für uns, am Stroh zu naschen.

Dieses Leben erinnerte uns wieder viel mehr an das, was wir aus früheren Zeiten mit Vicky und Julia kannten, und obwohl es uns jetzt doch wieder so gut geht, schmerzt mein Herz jedes Mal, wenn ich hier meine

Artgenossen sehe. Diese stehen immer noch auf diesen langweiligen Sägespänen, müssen den Staub einatmen und Hustenanfälle unterdrücken. Ich weiß wirklich nicht, was sich Menschen dabei denken! Denken die da überhaupt? Die ziehen sich doch tatsächlich einen weißen Schutzanzug und eine Atemmaske über, wenn sie die Boxen ausmisten und frische Sägespäne einstreuen, während die Pferde - wir ja zum Glück nicht - auf diesem Zeug die ganze Zeit stehen müssen und bei jeder noch so kleinen Bewegung den Staub aufwirbeln und einatmen. Bei manchen löst das direkt einen Hustenanfall aus, bei anderen wird man wohl die Probleme erst in Jahren feststellen.

Aber die Sägespäne sind nicht der einzige Grund, warum mir meine Artgenossen hier so leidtun. Ein weiterer Punkt ist diese ständige Boxenhaft. Sie dürfen leider nicht so wie wir täglich den ganzen Nachmittag auf die Koppel, sondern müssen tagein, tagaus in der Box leben. Nur einmal pro Tag kommen ihre Besitzer und holen sie aus der Box - wenn sie Glück haben. Für uns hingegen bedeutet Besuch immer den totalen Spaß. Unsere Julia und Vicky haben dann immer irgendwelche interessanten Dinge mit uns vor. Manchmal müssen wir uns mehr dehnen, wenn sie auf unserem Rücken sitzen, und manchmal springt Julia mit uns über kleinere oder auch größere Sprünge. Da sind Carino und ich dann immer besonders stolz, wenn wir die hohen Hindernisse geschafft haben. Wir schnauben immer ganz zufrieden. Manchmal müssen wir im Trab unsere Beine sortieren und über die Stangen am Boden laufen und manchmal machen wir das ohne Sattel und Trense, einfach nur mit einem Seil um den Hals, und Julia reitet uns dann ganz locker. Das macht auch immer viel Spaß, da es ein ganz anderes Gefühl ist, den kleinen Popo von Julia auf meinem Rücken zu spüren. Ich bin dann auch immer besonders vorsichtig mit ihr. Ich will sie ja nicht verlieren.

Diese tollen Sachen machen die anderen Menschen hier leider nicht mit ihren Pferden. Vielmehr tun sie immer dasselbe. Sie laufen immer nur im Kreis und springen. Ja, das machen wir auch. Aber halt nicht ausschließlich, wie gesagt. Und dann ist es eben auch nicht langweilig. Aber wenn ich immer nur das Gleiche machen würde...? Nein, dann würde es keinen Spaß mehr machen. Und genau so sehen eben meine Artgenossen aus. Sie freuen sich zwar, endlich mal aus der Box zu kommen und auch mal geputzt zu werden. Aber dieses Rennen im Kreis, das macht ihnen keinen Spaß. Zumal sie dann meist so voller Energie sind, dass sie am liebsten losrennen würden. Traben dürfen sie dann auch immer gleich und kurz darauf dürfen sie auch galoppieren. Aber im Nachhinein klagen sie über wehe Beine und auch ihr Rücken schmerzt wohl ziemlich. Ich denke mir dann immer, dass das anscheinend der Unterschied ist zu dem, was Vicky und Julia mit uns machen.

Die lassen uns erst einmal eine ganze Weile im Schritt gehen. Und auch am Schluss können wir uns zunächst ausschnaufen. Wir schwitzen auch nicht mehr, wenn wir in unsere Box zurückkommen. Oftmals dürfen wir uns auch noch wälzen, was dem juckenden Rücken auch echt gut tut. Das dürfen leider meine Artgenossen nie machen. Stattdessen werden sie nach dem Galoppieren, wenn deren Menschen dann lang genug geritten sind, zum Ausschnaufen und Abtrocknen an den Putzständer angebunden. Da ist nichts mit Wälzen im Sand! Naja, sauber sind wir danach natürlich nicht. Und Vicky und Julia brauchen dann beim nächsten Mal auch ziemlich lange, bis wir wieder staubfrei sind. Aber dafür hat es sich im Moment des Wälzens nicht nur toll angefühlt, sondern es hat eben auch die Mücken etwas von uns abgehalten, da es für die nicht so einfach ist, durch den Sand an unsere Haut zu kommen. Praktisch gell?

Aber sicherlich könnt Ihr jetzt sehen, warum mir meine Artgenossen hier doch ziemlich leid tun. Wie ich ja bereits erwähnt habe, ging es Carino und mir ja nicht immer so gut. Ich war, bevor ich zu Vicky und Julia kam, ein Schulpferd. Ich kam in einen Stall, wo ich als Schulpferd lebte, als ich gerade von meiner Mama getrennt wurde. Dort wurde mir alles Wichtige, was man als menschentaugliches Pferd so wissen sollte, beigebracht, und dann kamen immer irgendwelche Mädchen, die versuchten, auf meinem Rücken zu bleiben. Das war nicht immer angenehm, denn die Kleinen plumpsten mir manchmal ganz schön in den Rücken! Schlimmer war es allerdings, wenn sie mir zu sehr im Maul herum zogen. Aber die meisten Mädchen waren eigentlich doch ganz lieb und ich kannte ja bis dahin kein anderes Leben, weswegen ich es gar nicht so schlimm fand. Erst als sie mich dann auf einmal auf diese große, fahrbare Box brachten - ich erfuhr irgendwann einmal, dass die Menschen dies „Pferdetransporter" nennen - und ich weg von meinem Stall kam, lernte ich ein anderes Leben kennen und dieses gefiel mir erstmal gar nicht.

Statt einer schönen, großen, hellen Box bekam ich nur eine kleine dunkle Box. Dort stand ich dann jeden Tag, bekam mein Futter und das war es. Keine kleinen Mädchen kamen, um mich zu reiten oder zu streicheln. Stattdessen war mir den ganzen Tag über nur langweilig. Ab und zu kamen irgendwelche Menschen vorbei, die kurz mal in meine Box sahen, aber gleich wieder gingen. Nach einer gefühlten Ewigkeit kam dann mal eine Frau. Als sie weg war, holte man mich aus der Box und brachte mich in eine kleine, dunkle Halle. Zwar konnte ich mich endlich mal etwas bewegen, aber alles war so fremd, so dass ich ziemliche Angst hatte. Leider wurde es aber nicht besser, denn dann kam auf einmal jemand, der mich mit der Peitsche herumscheuchte. Obwohl ich ihm doch gar nichts getan hatte! Ich verstand das alles nicht und meine Angst wuchs immer mehr. Ich rannte wie vom Blitz getroffen und wusste gar nicht wohin, denn die Halle war ja überall zu, so dass ich keinen Ausgang fand.

Irgendwann war ich so außer Puste und so verschwitzt, dass mich diese Person endlich in Ruhe ließ und mich wieder in meine Box brachte. Obwohl ich vorher diese dunkle Box gar nicht mochte, war ich jetzt total erleichtert, wieder hier sein zu dürfen. Am nächsten Tag schmerzten all meine Muskeln so sehr, dass ich mich nicht einmal richtig in meiner Box umdrehen konnte. Und da war sie wieder, diese Frau, die ich schon am Tag zuvor gesehen hatte. Diesmal holte sie mich aus der Box und ich folgte ihr ganz steif in die Sackgasse. Dort putzte sie mich, was meinen schmerzenden Muskeln etwas Erleichterung brachte. Sie sattelte mich und führte mich wieder in diese schreckliche, kleine Halle. Ich fing schon wieder innerlich an, Panik zu bekommen, aber nachdem mir meine Muskeln so schmerzten, konnte ich mich einfach kaum bewegen. Also latschte ich nur so vor mich hin, trabte an, als sie mir das Signal dazu gab, machte dasselbe mit dem Galopp und war froh, als sie schon nach zehn Minuten fertig war. Wieder kam ich zurück in meine Box und mittlerweile fühlte sich diese an wie meine Heimat. Es war auf einmal der Platz geworden, an dem ich mich wohl und sicher fühlte.

Am nächsten Tag ging es meinen Muskeln schon etwas besser und ich döste gerade so vor mich hin, als man mich wieder aus meiner Box holte und in einen weiteren Pferdetransporter packte. Wieder wusste ich nicht was mit mir passieren sollte. Wieder hatte ich unendlich Angst. Wieder versuchte ich, meine Panik zu unterdrücken.

Als der Pferdetransporter dann endlich geöffnet wurde, stand diese Dame, die mich am Tag zuvor für ein paar Minuten geritten hatte, da und befreite mich aus diesem Gefährt. Eigentlich war sie ja ganz nett, aber ich kannte sie ja nicht und wusste nicht, was sie mit mir vorhatte, so dass ich es einfach nicht schaffte, meine Angst zu beherrschen. Ich sah einfach nur die Möglichkeit, endlich zu entwischen und schoss einfach los. Später erkannte ich, dass das auch keine Lösung war, denn jetzt wusste ich ja erst recht nicht, wohin ich sollte. Also raste ich wild in der Gegend herum. Erst rannte ich über einige Felder, kam aber schon bald an einem Zaun an, der definitiv zu hoch für mich zum Drüberspringen war. Also drehte ich um und sah, dass die Dame hektisch hinter mir herlief. Meine

Vernunft - oder sollte ich es meine Kopfstimme nennen? - sagte mir, es bringt nichts wegzulaufen, aber meine Herzstimme hörte nicht darauf und wollte einfach nur weg. Also rannte ich weiter und sah, dass diese Frau und mittlerweile einige andere Menschen mich verfolgten. Das machte mir erst recht Angst und so verging eine ganze Weile bis ich einfach nicht mehr konnte und ich einsehen musste, dass das alles nichts bringt. Die Frau war dann auch immer noch sehr nett zu mir und führte mich in eine schönere, hellere und auch größere Box, in der ich mich erste einmal ausruhen konnte.
Am folgenden Tag schmerzten meine Muskeln wieder genauso wie nach dem fürchterlichen Erlebnis in dieser kleinen Halle, so dass ich versuchte, mich so wenig wie möglich zu bewegen. Leider hatte ich meine Planung ohne diese Frau gemacht, denn sie putzte und sattelte mich wieder und holte mich in eine neue Halle. Jetzt kamen in mir all die Erinnerungen von meinem letzten Besuch hoch, als ich das erste Mal in eine fremde Halle gebracht wurde und ich wurde sehr nervös. Ich konnte nicht einmal ruhig stehen bleiben, als die Dame versuchte, aufzusteigen. Nicht einmal meine schmerzenden Muskeln hielten mich davor zurück, absolut panisch zu sein. Ich versuchte ja brav zu sein und der Frau nicht weh zu tun, aber meine Angst war zu groß. Ich scheute und sprang wie wild in der Gegend herum. Das passte der Frau natürlich nicht,

aber ich erreichte, was ich wollte: Ich kam aus dieser schrecklichen Halle raus zurück in meine Box.

Leider kam aber am nächsten Tag wieder der Pferdetransporter und brachte mich weg von der Frau und der hellen Box, zurück zu dieser kleinen, dunklen Box. Ähnliche Erlebnisse wie diese hatte ich dann über ein paar Jahre hinweg und jedes davon endete in dieser kleinen, dunklen Box. Ich hatte wirklich immer wieder versucht, meine Angst zu überwinden, meine Panik zu kontrollieren. Meine Kopfstimme sagte immer wieder, ich soll es sein lassen, aber meine Herzstimme hatte genauso Macht und somit landete ich immer wieder in dieser kleinen, dunklen Box.

Zum Glück kamen aber eines Tages Vicky und Julia vorbei. Sie holten mich aus der kleinen, dunklen Box, und obwohl ich auch bei ihnen erst viel Angst hatte, klappte alles besser, da sie sich Zeit für mich nahmen. Sie setzten sich nicht sofort auf mich drauf, sondern erkundeten zusammen mit mir meine neue Umgebung.

Wir machten verschiedene Übungen zusammen am Boden, die mich so ablenkten, dass ich meine Angst vergaß. Außerdem kam dann auch noch Carino zu mir. Endlich ein Freund, der mich verstand, dem es in der Vergangenheit auch nicht viel besser ergangen war, der aber doch irgendwie cooler war. Er war auch immer wieder da, wenn ich von einem Ausflug mit Vicky oder Julia in der Halle zurück in unseren Stall kam. Wenn Carino von Julia geholt wurde und ich alleine in unserem Stall war, kam meine Angst zurück, sie könnten ihn mir wegnehmen, was aber zum Glück nicht passierte.

Mittlerweile bin ich nun schon seit fünf Jahren bei Vicky und Julia und schon richtig stolz auf mich, wie viel cooler ich in dieser Zeit geworden bin. Als ich zuerst von Vicky angesehen wurde, hatte ihr mein Vorbesitzer eine eine ähnliche Vorstellung mit mir geboten, wie mit der ersten Frau und auch den anderen Interessenten zwischendrin: Man scheuchte mich einfach nur herum. Dann kam Vicky, um mich zu reiten. Sie war ganz begeistert von mir, wie brav ich doch war. Und sie gab mir mehr Zeit, mich an meine neue Umgebung zu gewöhnen, so dass ich nicht vor lauter Angst wie wild mit ihr herum rannte, als wir in ihrem Stall angekommen waren.

Von wie vielen Personen ich angeschaut und zur Probe geritten wurde, weiß ich gar nicht mehr. Irgendwann hatte ich aufgehört, mitzuzählen. Ich weiß nur noch, dass der Mann, in dessen dunklen, kleinen Stall ich immer wieder zurückkam, irgendwann mal etwas vom Metzger murmelte. Was genau damit gemeint war, weiß ich nicht. Metzger sind Vicky und Julia aber, so wie ich die Sache sehe, nicht.

Trotzdem machte ich es den Beiden am Anfang nicht einfach. Es fiel mir leider viel zu schwer, noch irgendjemandem zu vertrauen. Meine gewohnte Umgebung wurde mir so plötzlich entzogen und danach war alles so fremd. Ich war einsam und hatte Angst. Das waren alles so schlimme Erlebnisse, die konnte ich nicht so schnell vergessen. Bei Julia und Vicky spürte ich aber irgendwie die Wärme und Liebe, die sie ausstrahlten. So lange sie bei mir waren, fühlte ich mich wohl.

Meine Angst, sie oder Carino zu verlieren, wird wohl immer irgendwie da sein, die kommt einfach vom Herzen. Und wie Ihr ja bereits wisst, sind wir Tiere sehr herzgesteuert. Trotzdem sagt mir meine Kopfstimme immer wieder, dass Vicky und Julia mich nicht im Stich lassen werden und ich keine Angst mehr zu haben brauche. Vor allem dann, wenn ich meine armen Gefährten um mich herum sehe, dann weiß ich, wie gut ich es habe. Eigentlich müsste ich fast schon ein schlechtes Gewissen den anderen gegenüber haben, wenn mittags meine Vicky kommt und uns auf die Koppel führt. Wir müssen ja immer an den anderen Pferden vorbei. Die stehen mit hängenden Köpfen in ihren Boxen, dösen vor sich hin und haben sich in ihr Schicksal ergeben. Das ist der Grund, warum ich kein schlechtes Gewissen habe, denn ich weiß, sie kennen es ja nicht anders. Sie sind dieses Leben gewöhnt. Es ist zwar eigentlich nicht, wie man so große Tiere wie wir es sind, halten sollte, aber letztlich sind die Besitzer all dieser Pferde ja genau genommen auch tierlieb. Sie machen sich halt einfach noch weniger Gedanken über unsere Gefühle und wie sie uns glücklicher machen könnten.

Vicky sagt immer, so war es früher auch in Deutschland. Und gelegentlich gibt es da auch heute noch Pferde, die so leben müssen. Aber Vicky glaubt, man ist auf einem guten Weg und auch in anderen Ländern wird es irgendwann besser werden. Letztlich ist ja auch unsere Aufgabe hier auf der Erde, den Menschen glücklich zu machen. Ich weiß zwar nicht, was den Menschen so besonders macht, dass er es verdient hat, glücklich zu sein. Ich denke, es ist alles ein Kreislauf, wie das Leben und die Natur insgesamt. Denn wenn der Mensch glücklich ist, dann sind wir es auch.

Das Entscheidende sind hier wohl die Tierliebhaber, oder einfach nur die Liebe. Wenn die Menschen es lernen könnten, mehr auf ihr Herz zu hören, weniger den Kopf walten zu lassen, dann würden viel mehr Dinge aus der Liebe heraus passieren. Und aus der Liebe heraus passiert zum Glück nur Gutes.

Die Hitze mit Fliegen und Mücken fing gerade wieder an, lästig zu werden, da führten uns Julia und Vicky nach der Arbeit auf dem Reitplatz nicht zu unserem Stall zurück, sondern zu einem kleineren Pferdetransporter. Wie Ihr ja mittlerweile wisst, verknüpfe ich nicht unbedingt positive Erinnerungen mit diesen Teilen und war wie immer etwas zögerlich. Carino, auf der anderen Seite, scheint sie trotz allem immer noch aufregend zu finden und
latscht einfach neben Julia her, direkt rein in das Gefährt. Als er dann schmatzend drin stand, wurde ich doch auch hellhörig. Bei genauerem Hinsehen entdeckte ich vorne im Anhänger meinen Müslitrog. Ich will mich ja nicht verfressen nennen. Aber das Müsli ist schon besonders lecker und somit war das dann für mich doch ein überzeugendes Argument, in den Hänger zu steigen. Als ich dann mit meinem Müsli fertig war, führten Julia und Vicky uns direkt wieder raus zu unserem Stall. Was das jetzt sollte, muss man nicht verstehen, aber sie wiederholten diese Prozedur nun täglich und mit der Zeit fühlte ich mich immer besser, in den Pferdeanhänger zu gehen.

Eines Morgens kamen nicht nur Vicky und Julia, sondern auch Holger schon sehr früh in den Stall. Diesmal ritten sie uns nicht zuerst, sondern führten uns sofort in den Hänger. Es wurde alles verriegelten und dann rollte der Hänger los.

Nachdem lecker gepackte Heusäcke direkt vor Carinos und meiner Nase hingen, entspannten wir uns und fraßen fleißig unser Heu. Zwischendurch hielten wir immer wieder mal an, und Vicky und Julia gaben uns diese leckeren Kauwürfel aus ihren Hosentaschen und Wasser zum Saufen. Bei einem weiteren Stopp öffneten sie die Klappe hinten und führten uns aus dem Anhänger. Carino war wie immer unerschrocken, ich aber musste mich gehörig zusammenreißen.

Nach der langen Fahrt waren natürlich die Muskeln etwas steif, dennoch schlapp, da wir ja immer die Hubbeln und Kurven ausbalancieren mussten. So hatten wir gar nichts dagegen, als uns Julia und Vicky in einen fremden Stall führten. Wir waren zusammen und das war schon mal sehr wichtig für mich. Außerdem duftete es in diesem Stall ganz lecker nach getrockneten Kräutern. Ich sah auf den Boden und erkannte, dass dort weder Stroh noch Sägespäne lagen, sondern diese lecker duftenden Kräuter. So ein Heu hatte ich selten mit so vielen Kräutern gesehen, freute mich aber sehr und stopfte sofort ein Maulvoll in mich hinein. Genüsslich schmatzte ich vor mich hin und auch Carino schien es zu schmecken, jedoch fiel uns sofort auf, dass das Zeug verdammt trocken war. Ja, man konnte es kaum schlucken, da die ganze Spucke schon beim Kauen verschwunden war. Aber wir Pferde sind ja nicht doof und hatten gleich eine Lösung parat: den Wassereimer. Das Ganze stellte sich zwar etwas anstrengend dar, aber es war die Mühe wert. Ein Maulvoll Kräuterheu, eingetunkt in den Wassereimer, und schon war der Brei verzehrbar.

Vicky und Julia kamen auch immer wieder mal vorbei, was für mich sehr beruhigend war und was ich zum Glück auch schon immer von Weitem sehen konnte. Zwar war die Stalltür ziemlich hoch, aber wenn ich mich streckte, dann ging das schon mit dem drüber blinzeln. Da der ganze Stall voll war mit diesem leckeren Kräuterheu, diente es uns nicht nur zum Fressen, sondern nach einer Weile legten wir uns auch darauf und ruhten unsere erschöpften Muskeln aus.
Am nächsten Tag führten uns Vicky und Julia dann wieder in den Hänger rein. Mittlerweile benahm ich mich fast schon wie ein Profi, wie Vicky feststellte, und ich muss zugeben, irgendwie macht es mir jetzt gar nicht mehr so viel aus, da rein zu gehen. Mit dem Heunetz direkt vor meiner Nase ist das eigentlich keine schlechte Sache. Es rumpelt halt immer etwas, was mit der Zeit ganz schön anstrengend ist, aber die Pausen kommen dann doch immer zum richtigen Zeitpunkt.

Diesmal machten wir Pause an einem Ort, an dem doch tatsächlich Vickys Eltern und ansonsten noch einige andere Leute waren, die uns zusahen, wie wir schon ganz elegant den Anhänger verlassen können. Wir waren aber nicht nur elegant, weil wir das alles schon mittlerweile gewöhnt sind, sondern auch weil wir ziemlich aufgeregt waren. Die Gerüche, das Umfeld, alles war so neu hier. Nur Oma und Opa und natürlich meine Vicky und Julia kannten wir hier.

Julia und Vicky führten uns in einen Stall. So etwas hatte ich bis dahin noch nie gesehen. Der war riesig! Total hell, auf der einen Seite mit ganz weichen, schwarzen Matten ausgelegt, am anderen Ende lauter Stroh. Dazwischen zwei Tränkebecken und ganz viel Heu. Aber was Carino und ich am tollsten fanden war die Tatsache, dass da so eine große Tür war, die offen stand! Nachdem wir einmal kurz den Stall unter die Lupe genommen hatten, rannten wir auch schon nach draußen, wo uns eine schöne große Koppel mit richtig lecker schmeckendem Gras erwartete. Mein Gott, ging es uns jetzt gut. Carino stand schmatzend neben mir und konnte sein Glück kaum fassen. Apropos Carino, da war ich dann natürlich auch bei ihm und habe ihn mal gefragt, wie er eigentlich in unsere Familie kam und was er bis dahin alles so erlebt hat.

Kapitel 20

Als ich noch ganz jung war kam ich in eine Familie. Dort waren zwei kleine Mädchen, die sich zwar nicht wirklich um mich kümmerten, aber immer wieder zu mir kamen und mich streichelten. Ich fand das richtig nett von den Beiden und freute mich immer schon, wenn ich nur ihre Stimmen hörte. Ansonsten gab es dort noch eine kleine Schimmelstute namens Mona, die mit mir den Stall und die Koppel teilte. Wir zwei wurden sofort Freunde.

Irgendwann kam der Papa der zwei kleinen Mädchen und brachte mir bei, wie man eine Kutsche zieht. Mona konnte das schon richtig gut und ich war ziemlich stolz, dass ich es jetzt auch lernen durfte. Als ich dann schon richtig gut war, gab es immer wieder Tage, an denen Mona und ich mit den beiden Mädchen und deren Eltern einen Ausflug machte. Mona und ich liebten diese Ausflüge ins Grüne. Es machte einfach Spaß, mal etwas anderes zu sehen.

Leider wurden aber diese Fahrten immer seltener, und auch dass die zwei Mädchen mich streichelten, kam kaum noch vor. Mir fiel auf, wie groß die Zwei auf einmal waren, und ich fragte mich, ob das etwas damit zu tun haben könnte, dass sie jetzt so selten zu mir kamen. Obwohl es Mona und mir ja nicht schlecht ging, war es mit der Zeit aber schon ganz schön langweilig.

Eines Tages kamen dann so kleine flauschige Dinger zu uns auf die Koppel, die, wie sich dann herausstellte, der Mensch „Schafe“ nennt. Es war anfänglich ganz lustig mit ihnen. Nicht nur waren sie interessant zu beschnuppern, sondern man konnte auch ganz gut mit ihnen rennen. Aber auch sie wurden immer größer und leider auch langweiliger. Irgendwie standen sie nur noch rum und fraßen Gras oder schliefen. Das fand ich nicht sehr aufregend. Richtig frech von ihnen war die Tatsache, dass, als unser Gras auf der Koppel weniger wurde, sie anfingen, an mir herum zu knabbern! Ich bemerkte auch, dass es jetzt schon richtig lange her war, dass die Mädchen und deren Papa bei uns gewesen waren.

Gerade als die Schafe immer frecher wurden und immer mehr an mit knabbern wollten, kam endlich der Papa mit einem anderen Mann zu uns auf die Koppel. Die beiden unterhielten sich und der Mann sagte zum Papa der Mädchen: „Nein, bevor sie die zwei zum Schlachter geben, nehm' ich sie mit und versuche sie zu verkaufen". Ich verstand davon nicht alles. Schlachter, das war ein Begriff, mit dem konnte ich nichts anfangen, aber „mitnehmen", das verstand ich. Und ehe ich mich versah, standen Mona und ich in einem Anhänger und wir schaukelten irgendwo hin. Als die Klappe wieder geöffnet wurde, standen wir vor einem Stall, wo es ganz viele von uns gab. Aber die waren alle viel größer als wir. Mona und ich standen dicht gedrängt aneinander und keiner wollte von der Seite des anderen weichen. Diese großen Pferde machten uns irgendwie Angst. Sie waren auch nicht sehr freundlich zu uns und wir mussten immer warten, bis sie mit dem Fressen oder Saufen fertig waren, ehe wir an die Tröge durften. Eine Koppel hatten wir dort nicht. Es gab nur einen Stall und eine Fläche außerhalb, auf die wir konnten, wann immer wir wollten, jedoch wuchs dort kein Gras.

Es vergingen ein paar Monate und es hatte schon richtig stark geschneit, so dass ich ein dickes Winterfell hatte, als ich auf einmal wieder eine nette Kinderstimmen hörte. Ich erkannte zwar sofort, dass das nicht die Stimme meiner zwei Mädchen war, aber trotzdem klang sie niedlich und ich schaute neugierig, wo diese wohl her kam. Genau in diesem Moment kam ein kleines Mädchen, so klein wie meine Mädchen früher auch waren, um die Ecke. Sie sah aufgeregt und glücklich aus, das gefiel mir. Also stand ich ganz lieb da, spitzte meine Ohren in ihre Richtung und freute mich, als sie unmittelbar zu mir kam. Mona war irgendwie gar nicht begeistert. Ich denke, sie war immer noch enttäuscht von unseren zwei Mädchen, so dass sie mit dieser Süßen hier nichts zu tun haben wollte. Naja, mir war das egal. Ich fand sie jedenfalls süß. Ihre Mutter war hinter der Kleinen, redete mit ihr und nannte sie Julia. Hm, der Name hörte sich nett an. Julia streichelte mich genauso, wie es meine Mädchen und deren Mama immer getan hatten. Vicky, wie die Mama hieß, fing an, mir einen Sattel und eine Trense aufzulegen. Eine Trense kannte ich ja schon vom Kutsche ziehen, aber der Sattel war neu für mich. Ich fand das alles sehr aufregend und wollte jetzt nichts falsch machen. Diese kleine Julia war so lieb zu mir, und so wollte ich eben genau so lieb sein.

Sie führte mich auf einen verschneiten Platz und setzte sich sogar auf meinen Rücken. Das war mir alles unbekannt und ich fragte mich, was ich jetzt tun sollte. Irgendwie lenkte sie mich aber ähnlich, als wenn ich eine Kutsche zog, und deswegen versuchte ich genau das zu machen, was ich immer tat, wenn ich eine Kutsche zog. Plötzlich kitzelte mich ihr Schenkel auf der einen Seite meines Bauches, woraufhin ich einfach drauflos galoppierte. Das tat mir dann direkt leid und ich dachte, ich hätte jetzt etwas falsch gemacht, aber das Gesicht von Vicky strahlte und irgendwie fühlte Julia sich auch ganz wohl da oben auf meinem Rücken. Also versuchte ich, so vorsichtig wie möglich, auf diesem etwas rutschigen, verschneiten Platz mit ihr zu galoppieren. Nach einer Weile parierte ich zum Schritt und als ich ausgeschnauft hatte, stieg Julia ab und kraulte mich ganz doll! Offenbar hatte ich alles richtig gemacht. Sie nahmen den Sattel von mir runter und die Trense und ich durfte zurück zu Mona. Danach verschwand Julia mit ihrer Mama und irgendwie war ich fast traurig, dass sie jetzt weg waren.

Ein paar Tage später kam der Mann wieder, der Mona und mich vor einiger Zeit von meiner alten Heimat wegbrachte und führte diesmal nur mich auf diesen

Anhänger. Wieder schaukelte es eine Weile, aber als jetzt die Klappe aufging, stand Julia draußen vor der Klappe! Sie strahlte und ihre niedlichen Wangen waren ganz rot vor Aufregung. Nachdem ich von dem Hänger geführt wurde, nahm sie meinen Führstrick und führte mich in einen neuen Stall. Erst dachte ich, da gibt es gar keine Pferde, aber der Geruch sagte mir, dass dort mehrere Artgenossen leben müssen. Wo diese waren, wusste ich zu diesem Zeitpunkt nicht. Julia und ich sahen uns zusammen den Stall an. Auf den ersten Blick war der gar nicht so übel. Alles offen und frei, viel Platz zum rumlaufen und schlafen, aber irgendwie war ich doch ziemlich neugierig, wer denn nun die anderen Pferde waren.

Julia schien meine Gedanken lesen zu können und führte mich zu einer Koppel. Dort sah ich in der Ferne fünf Pferde stehen. Sie ließ mich los und ich rannte direkt zu den fünf anderen. Das war doch anscheinend ein Fehler, denn da kam sofort ein Haflinger daher, der mir mit angelegten Ohren zeigte, ich solle mich verkrümeln. Also drehte ich sofort um und suchte das Weite. Nach einiger Zeit versuchte ich wieder mein Glück, aber irgendwie hatten die was gegen mich. Jetzt erst merkte ich, dass mir Mona fehlte. Ich hatte diesen Gedanken kaum zu Ende gedacht, da kam Julia wieder. Sie holte mich von der Koppel und redete mit mir, während sie mich kraulte. Obwohl mir das sehr gut tat, war ich doch irgendwie traurig. Mona fehlte mir eben sehr. Mir wurde erst jetzt bewusst, wie schön ihre Freundschaft war und wie normal und alltäglich ich diese hingenommen hatte. Hier war alles so fremd und die anderen Pferde waren nicht wirklich nett. Julia war hier der einzige Lichtblick für mich und so versuchte ich, mich auf sie zu konzentrieren. Zwar war sie viel bei mir, aber ohne sie war ich sehr einsam.

Die Tage verstrichen, aber der Umgang mit den anderen Pferden wurde nicht leichter. Also folgte ich Julia auf Schritt und Tritt, sobald sie in meiner Nähe war. Was sollte ich auch anderes machen? Sie war nett und gab mir Liebe. Genau das ist es ja, was wir Tiere wollen. Liebe…, ein sehr schönes Wort, wie ich finde. Und obwohl wir Tiere diese Liebe so sehr herbeisehnen, haben auch wir unsere Rangordnung. Ohne diese Rangordnung gäbe es, wie das Wort schon sagt, keine Ordnung innerhalb der Herde. Naja, und nachdem ich der kleinste und vor allem jüngste Zuwachs in dieser Herde war, musste ich mir meinen Platz in dieser Herde eben erst erarbeiten. Das wird nur leider umso schwerer, je länger die Herde schon ihre Ordnung hat. Aber zum Glück kam ja meine kleine Julia immer wieder mich besuchen, und bei diesen Besuchen verwöhnte sie mich immer sehr. Nicht nur kraulte sie mich, redete mit mir und putzte mich, sondern sie hat-

te auch immer irgendwelche Leckereien für mich dabei.
Eines Tages, die Sonne strahlte vom Himmel, legten sie mir erneut diesen Sattel auf meinen Rücken und legten mir die Trense an. Dann saß Julia auch schon wieder auf meinem Rücken. Diesmal gingen wir auf keinen eingezäunten Platz, sondern raus ins freie Gelände, dorthin, wo ich auch immer die Kutsche ziehen durfte. Allerdings hatte ich eben keine Kutsche im Schlepptau, sondern Vicky. Julias Mama ging neben mir her und Julia saß auf meinem Rücken. Das war schon ein ganz komisches und neues Gefühl für mich. Und obwohl es interessant war, hier auf diesen neuen Wegen entlang zu marschieren, merkte ich abermals, wie sehr ich doch meine Freundin Mona vermisste. Irgendwo dort draußen musste sie doch sein!

Nach einer Weile fing Julia wieder an, mich mit ihren Beinen an meinem Bauch zu kitzeln. Es kitzelte so sehr, dass ich anfing, schneller zu werden und in den Trab zu verfallen. Offenbar war das genau das, was sie wollte, denn jetzt gab es ein ganz neues, lustiges Gefühl für mich. Immer wenn ich ein Bein vor schwang, stand Julia im Sattel auf, und wenn das andere Bein vorkam, saß sie wieder ganz kurz sanft und locker ein. Das Traben allerdings half mir nicht wirklich, meine Mona zu vergessen, und weil wir ja nun schon etwas schneller unterwegs waren, dachte ich,

ich könnte doch die Gelegenheit nutzen und losrennen um zu sehen, ob ich hier draußen nicht irgendwo meine Mona finden könnte. Also galoppierte ich an, wieherte so laut ich konnte und rannte ganz schnell über die großen Felder. Ich wieherte und wieherte, aber leider kam keine Antwort von Mona. Plötzlich erinnerte ich mich wieder an meine Julia auf meinem Rücken und war mir gar nicht mehr sicher, ob sie überhaupt noch da war. Ich spürte ihren Popo nicht mehr im Sattel und jetzt bekam ich wirklich Panik. Keine Mona und jetzt habe ich womöglich sogar auch noch meine Julia verloren? Ich wurde etwas langsamer und trabte. Da merkte ich auf einmal einen Ruck auf meinem Rücken und mit einem Mal stand Julia neben mir auf dem Boden! Ihr könnt Euch gar nicht vorstellen, wie froh ich war, sie zu sehen! Kurze Zeit später war auch Vicky bei uns und bald waren wir dann zurück im Stall. Die anderen aus meiner Herde hatten mich natürlich nicht vermisst und als Julia dann mit Vicky gegangen war, war ich wieder mal alleine.

Obwohl mich Julia wirklich oft besuchen kam, war ich leider auch sehr oft einsam. Das machte mich immer noch sehr traurig und diese Tatsache spiegelte sich auch bald in meiner Gesundheit wider. Ich bekam einen seltsamen Ausschlag am Ansatz meiner Mähne, den sogenannten Mähnenkamm. Dies veranlasste Julia und Vicky, mit mir einen längeren Spaziergang zu machen. Es war immer noch Winter und das Feld tief verschneit. Da stapften wir also zu zweit - das heißt Vicky und ich stapften, Julia saß auf meinem Rücken - durch den tiefen Schnee. Irgendwann kamen wir zu mehreren Häusern, wovon eines definitiv nach Pferden roch. Es schien, als kämen wir immer näher, denn der Geruch wurde immer intensiver. Und siehe da, auf meine Nase ist Verlass, dort sah ich plötzlich lauter Pferde nebeneinander aus Boxen gucken.

Vicky führte mich mit Julia auf dem Rücken schnurstracks zu einer Box. Julia kletterte von meinem Rücken und schwupp, schon befand ich mich in dieser Box. Eigentlich bin ich das Eingesperrt sein in so eine Box ja gar nicht gewöhnt, aber diese Ruhe, die hier herrschte, gefiel mir irgendwie. In dem Zuhause, wo ich zuletzt war, konnte ich ja nicht einmal in Ruhe fressen. Wenn ich Pech hatte und eines der ranghöheren Pferde mit seinem Heuhaufen fertig war, dann kam er einfach zu mir herüber, zeigte mir deutlichst durch seine Körpersprache, ich solle mich vom Acker machen, und ich hatte Pech gehabt. Satt fressen war nicht. Egal wie sehr ich mich beeilte: ich war nie schnell genug, mein Futter selber aufzufressen. Also musste ich gehen.

Hier in dieser Box war das anders. Ich hatte die ganze Box für mich und das Fressen auch. Offenbar half dieser Wechsel in den neuen Stall nicht nur, meinen Hunger mal so richtig zu stillen, sondern auch meinem Ausschlag am Mähnenkamm. Denn dieser wurde ganz schnell besser und bald war er ganz weg. Auch meiner Laune ging es bald besser, da ich einen netten Boxennachbarn hatte und Julia auch ganz oft zu mir kam. Mittlerweile hatte ich mich daran gewöhnt, Mona nicht mehr an meiner Seite zu haben. Julia kam ja zum Glück mich täglich besuchen und keiner ärgerte mich oder scheuchte mich von meinem Futter weg. Eigentlich ging es mir jetzt ganz gut. Wenn es fressen gab, genoss ich meine Box und das Alleinsein so sehr, dass ich jedes Mal mein Heu auf dem Boden verteilte, um erst das Beste zu fressen und danach, wenn ich noch hungrig war, das, was nicht ganz so lecker war. Das kennt Ihr ja bestimmt auch. Da frisst man erst das Gute, bevor man das nicht so Gute dann auch noch verputzt. So wählerisch zu sein, war mir in letzter Zeit gar nicht mehr möglich gewesen, da war ich vielmehr froh, wenn wenigstens mein größter Hunger gestillt war.

Nach einiger Zeit in dieser Box merkte ich aber, dass mir die Koppel schon sehr fehlte. Ich durfte zwar regelmäßig raus auf einen großen Platz zum Herumlaufen, aber grasen konnte ich dort nicht. Dies sollte sich aber sehr bald ändern.

Eines Tages kam Julia und holte mich aus der Box. Statt mich aber auf den Platz zu führen, brachte sie mich auf eine Koppel. Dort sah ich schon ein Pferd stehen, und nachdem meine Erfahrung mit der Begegnung mit anderen Pferden auf der Koppel zuletzt nicht gerade die beste war, war ich diesmal etwas skeptisch und vorsichtig. Ich ging zwar auf die Koppel, blieb aber wo ich war und fing an zu grasen. Das war mir ehrlich gesagt in diesem Moment auch viel wichtiger. Endlich mal wieder Gras fressen, das war schon toll.

Das andere Pferd zeigte sowieso nicht viel Interesse an mir, aber mit der Zeit sah ich ihn doch immer wieder mal zu mir schauen. Wir bewegten uns dann vorsichtig und langsam, während wir beide grasten, auf einander zu. Bei näherer Betrachtung erkannte ich, dass es sich bei diesem Pferd wieder um einen Haflinger handelte, naja, und um eine lange Geschichte kurz zu gestalten, hier handelte es sich um Coco, meinen mittlerweile besten Freund.

Wir freundeten uns sehr langsam an, aber dafür klappte es diesmal mit der Freundschaft. Julia und Vicky brachten mich dann auch nicht mehr in meine alte

Box zurück, sondern in einen Stall, von dem aus wir direkt auf die Koppel gehen konnten. Das war für uns beide Luxus pur. Ich kannte zwar das Leben auf einer Koppel, aber eben ohne so einen luxuriösen Stall und Coco hatte wohl, bevor er hierher kam, lange in einer ziemlich kleinen, dunklen Box gestanden. Aber soweit ich weiß, kennt Ihr ja seine Geschichte bereits.

Wenn Julia jetzt zu mir kam, streichelte und putzte sie mich nicht nur. Vielmehr legte sie jedes Mal diesen Sattel auf meinen Rücken und zog mir meine Trense auf. Danach führte sie mich auf einen überdachten Platz. Später erfuhr ich, dass man das eine „Halle" nennt. Aber nachdem ich so etwas noch nie gesehen hatte, wurde mir irgendwie ganz komisch in dieser Halle. So eingesperrt zu sein, Geräusche von draußen zu hören, aber nicht zu sehen, von wo sie herkamen, das ist für ein Fluchttier schon nicht ganz einfach. Nachdem ich aber nicht von der panischen Sorte bin, war mein Lösungsansatz zu diesem Problem, mich einfach an das Tor zu stellen, durch das ich rein gekommen war. Wenn es dort rein ging, wird es dort auch wieder raus gehen. Leider war aber Julia mit diesem Lösungsansatz nicht einverstanden und versuchte, mich mit ganz viel Bauchkitzeln von dort weg zu bekommen. Immer wenn es zu sehr gekitzelt hatte, musste ich mich dann doch bewegen und sobald ich dies tat, bekam ich ein Leckerli dafür.

Ich möchte mich jetzt nicht verfressen nennen, aber irgendwie wirkte das halt doch. Ich merkte, dass jedes Mal, wenn ich das machte, was Julia von mir wollte, das Kitzeln nachließ und ich dann auch noch ein Leckerli dafür bekam. Nach ein paar Besuchen in dieser Halle war ich es dann schon so gewohnt, und trabte friedlich in der Halle herum. Irgendwann lernte ich dann auch, auf bestimmte Zeichen anzugaloppieren, und immer genau dorthin zu laufen, wohin Julia wollte. Ich merkte, wie mir das guttat. Ich bekam eine immer bessere Kondition, sowie immer mehr Muskeln, nicht nur in den Beinen, sondern auch im Rücken, so dass es mir immer leichter fiel, Julia auf meinem Rücken zu tragen. Sie war ja eigentlich sowieso nicht sehr schwer, aber mit der Zeit spürte ich sie kaum noch. Ich fühlte mich pudelwohl. Endlich hatte ich wieder eine Aufgabe und irgendwie fühlte ich mich richtig wichtig, so wie diese großen Pferde, die manchmal mit mir zur selben Zeit in der Halle ihre Reiter herum trugen. Das ist schon ein schönes Gefühl.
Es ist ja interessant, was Carino uns Menschen hier erzählt, und ich kann dies auch nur bestätigen. Viele Menschen glauben, Pferde sollte man nicht reiten, das sei womöglich sogar Tierquälerei. Meine Tochter und ich versuchen, regelmäßig zu unseren Ponys zu gehen und beschäftigen uns sehr viel mit ihnen. Wir haben gesehen, wie aus zwei Ponys, die beide fast schon auf

dem Weg zum Schlachthof waren, die beide aus sehr unterschiedlichen Lebenssituationen zu uns kamen, und beide anfangs sehr schwierig waren, teilweise, ja man möchte fast schon sagen, depressiv waren, aufgeblüht haben durch die Arbeit mit uns Menschen. Ich möchte da gerne ein Zitat von einer bekannten Reiterin namens Melissa Simms auf Deutsch übersetzen: „Man muss dem Pferd erlauben, Pferd sein zu dürfen und seinen Charakter entwickeln zu können. Korrekte Dressur und korrekte Behandlung des Pferdes entwickeln seinen Charakter. Es wird munterer und selbstbewusster. Es erschrickt sich nicht mehr so leicht, da es sich sicher in seiner Welt fühlt. Und sein Körper wird durch richtige Dressur schöner, so, wie es auch länger und gesünder lebt. Wir nehmen dem Pferd die Freiheit, aber wir geben ihm etwas zurück. Wir entwickeln seinen Geist."

Auch Coco sieht das so und meldet sich noch einmal zu Wort.

Kapitel 21

Mittlerweile bin ich ein richtiger Profi. Nicht nur kann Julia mich problemlos in der Halle reiten. Auch im Gelände bin ich verlässlich und brav. Ich weiß, was Julia von mir will, und sie versteht mich und weiß zum Beispiel, dass wenn ich zu hibbelig im Schritt bin, ich Traben möchte.

Aber das ist ja noch nicht alles. Ich kann mittlerweile nämlich auch schon richtig gut springen, und das nicht nur auf dem Reitplatz! Nein, auch auf unserer Koppel waren da plötzlich ganz viele verschiedene

Hindernisse und über die durfte ich alle drüber springen. Zwischen den Sprüngen durfte ich immer ganz doll rasen! Das macht vielleicht Spaß! Manchmal reitet Julia mich auch nicht, sondern hat stattdessen die Taschen mit Leckerlis gefüllt und sagt verschiedene Kommandos, von denen ich auch schon einige ganz gut verstehe. Immer wenn ich dann zur richtigen Zeit das Richtige mache, bekomme ich dafür eine Leckerei. Leider aber nur dann! Ich habe schon mal versucht, mich einfach ohne Kommando so zu verdrehen, das heißt, ich gehe dann mit einem Vorderbein vor und das andere Vorderbein knicke ich unter meinem Bauch ein, während mein Kopf herunter zum Bauch schaut, wie ich es immer machen soll, wenn die Worte „Mach Kompliment" kommen, aber dann bekomme ich gar nichts. Seit dem hab' ich das auch wieder sein lassen und mache es eben nur, wenn sie es zu mir sagt.
Das macht schon immer alles wirklich Spaß, mit Julia so zusammen zu arbeiten. Ich zeige ihr dann auch immer, dass es mir Spaß macht, indem ich viel schnaube.

Mittlerweile reitet Vicky mich kaum noch, Julia dafür tagtäglich. Ich bin immer besser bemuskelt, so dass ich schon richtig schwungvoll auf dem Platz mit Julia auf meinem Rücken dahin traben kann. Auch sind meine Muskeln locker genug, sodass ich ohne Schwierigkeiten kleine Kreise drehen kann, die sie immer wieder von mir verlangen und die besonders wichtig werden, wenn wir dann einen ganzen Parcours zusammen springen. Ja, Ihr habt richtig gelesen. Wir springen richtig gut zusammen. Einen Meter hoch kann ich schon ganz gut und wie gesagt, diese engen Wendungen zu dem ein oder anderen Sprung hin kann ich auch immer besser, da ich schön regelmäßig geritten werde. Wenn das Wetter mal nicht so gut ist und wir nicht reiten können, finde ich das fast schon schade. Denn es macht mir jedes Mal richtig Spaß. Oft warte ich schon, bis Julia und Vicky endlich kommen. Sobald ich sie sehe, wiehere ich ganz laut und komme oft schon zu ihnen getrabt. Ich bin dann immer ganz gespannt, was Julia heute wieder mit mir vorhat. Wenn ich dann mal nicht so Lust habe zu arbeiten, vielleicht weil es zu heiß ist, dann merkt Julia das auch immer sofort und dann gehen wir ausreiten. Das macht jedes Mal wieder total Spaß.

Und auch Carino kann seine Zufriedenheit nur bestätigen.

Wie das bei Kindern ja anscheinend so üblich ist, so war es auch bei den Kindern, bei denen ich aufwuchs: Während sie immer noch wuchsen, wuchs ich leider nicht mehr. Zum Glück bedeutete das diesmal aber nicht, dass Julia kein Interesse mehr an mir hat. Da wir ja diese tolle Bodenarbeit beherrschen und Julia mich auch ganz toll ohne Sattel reiten kann - wir springen sogar ohne Sattel - reitet sie mich immer noch, obwohl sie jetzt schon 12 Jahre alt ist. Außerdem ist Julia zum Glück offen für alles und hört auf ihre Herzstimme. Sie schaut immer wieder, dass auch ich glücklich bin. So hat sie mit mir immer wieder mittels zwei langen Zügeln das Kutschenfahren geübt. Ich kann das ja noch. Aber Julia musste es erst noch lernen. Und jetzt hat sie eine Kutsche bekommen, die wir hier in Deutschland jetzt auch noch haben. Ich werde also weiterhin gebraucht und beschäftigt und nicht einfach nur auf das Abstellgleis geschoben, nur weil ich vielleicht etwas klein bin. Mir geht es also rundherum gut und ich fühle mich einfach nur pudelwohl, auch wenn ich kein Hund bin!

Auch ich stehe jetzt also auf dieser Koppel und fresse glücklich vor mich hin. Ich bin froh, dass ich doch nochmal das Glück hatte zu Menschen zu kommen, die mir eine Chance gegeben haben, die mir genug Zeit gaben, mich an alles zu gewöhnen und die mich nicht gleich wieder verkauften, nur weil ich mal nicht so wollte wie sie.

Ist es nicht interessant, was unsere zwei Pferde uns zu erzählen haben? Es ist immer wichtig, wenn man mit Tieren arbeitet, auf seine Herzstimme zu hören und an die Liebe, die man für die Tiere empfindet, zu denken. Nur dann behandelt man die Tiere auch wirklich fair. Die Pferde zum Beispiel leben es uns so deutlich vor. Sie sind uns sicherlich einen Schritt voraus, wenn es um das Thema Liebe geht, denn sie wollen in Harmonie leben. Sie zanken sich nicht wegen irgendwelchen Nichtigkeiten. Sie haben ihre Rangordnung und das zum Schutz aller. Sie bevorzugen natürlich auch das eine oder andere Pferd als Freund, aber wenn man ihnen genug Platz gibt, dann können sie sich meiden und aus dem Weg gehen, wenn es mal nicht so klappt mit dem Zusammenleben. Diejenigen aber, die sich mögen, Leben in Harmonie, krabbeln sich gegenseitig, bieten sich gegenseitig Schutz und sind füreinander da. Wichtig ist es einfach nur, die Tiere in ihrer Art zu beobachten. Wenn man dann weiß, dass Pferde Fluchttiere sind, die es gewöhnt sind, bis zu 16 Stunden am Tag zu fressen, deren Verdauungssystem auf genau diese Art der Fütterung aufgebaut ist, die während sie fressen sich ständig bewegen, der kommt eigentlich nicht auf die Idee, diese tollen Tiere für große Teile des Tages in eine kleine Box zu sperren und sie nur heraus zu holen, um sie kurzzeitig zu reiten. Ansonsten müssen sie nur in der Box warten, bis sie endlich, wenn sie Glück haben, dreimal pro Tag Futter bekommen.

Und wenn wir schon beim Thema Liebe sind und auf unsere Herzstimme hören, dann sind uns manchmal auch unsere Kinder noch einen Schritt voraus. Sie denken nicht immer gleich an die Konsequenzen, sondern bleiben im Moment und sehen, was in dem Augenblick wichtig ist. So klingelte es eines Tages an unserer Tür. Nachdem mein Italienisch nicht das Beste ist, bevorzuge ich es, wenn meine Tochter zur Tür geht, denn sie lernt Italienisch in der Schule und kann definitiv einiges mehr als ich. Ich saß gerade auf dem Sofa und las und war demnach ziemlich abgelenkt, so dass es mich gar nicht interessierte, wer da wieder mal etwas verkaufen wollte. Nach einiger Zeit kam Julia wieder herein und fiepte in ihrer höchsten Stimme: „Mama, guck mal“. Da saß ein winziges graues Kätzchen in ihren Händen.

Kapitel 22

Ihr könnt Euch gar nicht vorstellen, was für eine Angst ich hatte. Eben saß ich noch auf der Straße, miaute und suchte nach meiner Mama und im nächsten Augenblick hob mich ein kleiner Junge hoch. Meine Mama war schon seit längerer Zeit nicht mehr bei uns. Meine Geschwisterchen gaben irgendwann die Hoffnung auf, dass sie wieder kommen würde, aber ich hatte so großen Hunger und wollte es einfach nicht glauben, dass unsere Mama nicht zurückkommt. Ich dachte, vielleicht hat sie sich verlaufen. Daher wollte ich losziehen, um sie zu suchen. Wie lange ich schon unterwegs war, weiß ich nicht, ich weiß nur, dass ich immer schwächer wurde und mein Miauen nicht mehr besonders laut war, als mich ein Junge von der Straße aufhob. Er redete mit einem kleinen Mädchen und sie nahm mich zu sich in die Hände. Diese fühlten sich sehr warm und kuschelig an, zumal ich wirklich schon sehr schwach war und eigentlich gar nicht mehr laufen wollte. Mit diesem netten Mädchen gingen wir dann in eines der Häuser rein. Dort gab es so viele neue Dinge zu sehen, dass ich erst einmal richtig verschreckt war. Meine einzige Möglichkeit war, sie alle ganz doll mit meiner letzten Kraft anzufauchen. Ich wusste ja nicht, was die mit mir vorhaben, weswegen ich ihnen erst einmal zeigen wollte, wie gefährlich ich doch auch sein konnte. Im Nachhinein muss ich zugeben, dass ich sehr froh war, dass sie sich nicht von mir haben abschrecken lassen. Denn statt Angst vor mir zu haben, gaben sie mir ein Schüsselchen voller warmer Milch und danach legten sie mich auf ein ganz kuschliges Bettchen. So kuschlig hatte ich es vorher noch nie gehabt. Nur wenn ich mal auf einem meiner Geschwisterchen lag, war es ähnlich weich und angenehm.

Die nächsten Tage waren für mich ziemlich stressig. Erstens vermisste ich natürlich meine Mama und auch meine Geschwister, aber vor allem waren da allerhand viele neue Eindrücke. Am meisten machten mir die

Hunde und die Menschen zu schaffen. Obwohl ich natürlich wusste, dass mich zwei dieser Menschen gerettet hatten, nämlich dieser Junge und das Mädchen, war ich den Menschen insgesamt doch sehr skeptisch gegenüber. Mir wurde das einfach schon in die Wiege gelegt. Ich wusste, dass es Katzen hier auf der Erde gibt, die gekommen sind, um die Menschen glücklich zu machen. Ich wusste aber auch, dass manche Menschen Katzen dann aussetzen, wenn sie zu viele Kinder bekamen oder einfach nur so im Weg waren. Ich gehörte leider zu genau dieser Gattung. Meine Familie war schon lange nicht mehr in der Lage, Menschen glücklich zu machen. Irgendwelche Vorfahren von mir wurden schon vor längerer Zeit ausgesetzt und mussten auf sich gestellt versuchen zu überleben. Die Erfahrungen, die sie da leider immer wieder mit manchen Menschen gemacht hatten, waren keine guten. Das prägte dann auch die Nachkommen und somit eben auch mich. Jedes Mal, wenn jemand im Haus mich zu streicheln versuchte, war meine erste instinktive Handlung zu fauchen. Kaum hatte ich gefaucht, bereute ich es auch schon wieder, denn ich merkte ja gleich, dass das Streicheln sich sehr schön anfühlte.

Ein bisschen anders war das jedoch mit den Hunden hier im Haus. Hunde waren für uns Katzen in unserem Überlebenskampf immer ein rotes Tuch. Sie jagten uns ständig von irgendwelchen Höfen und so wurde mir die Angst vor Hunden auch einfach so mit in die Wiege gelegt. Wenn sich einer dieser Hunde mir näherte - auch wenn sie zugegebenermaßen sehr klein waren - bekam ich immer fürchterliche Angst und musste wirklich sehr viel fauchen. Und plötzlich saßen sie neben mir auf dem Sofa! Ich meine: wer bekommt da keine Angst? Ja, okay, diese Menschen scheinen sich vor ihnen nicht zu fürchten und je länger ich sie beobachte, desto mehr muss ich zugeben, dass sie wirklich ganz niedlich sind. Aber ob sie mir, einer Katze, wirklich nicht weh tun würden?

Da ich der ganzen Sache immer noch nicht so richtig traute, fauchte ich nun zwar die netten Menschen um mich herum nicht mehr an, aber eben diese Hunde. Allerdings dauerte es dann doch nicht lange und irgendwie gewöhnte ich mich an sie. Während ich so auf dem Sofa schlief, schielte ich also weiterhin mit einem blinzelnden Auge auf die Hunde und je öfter und länger ich das tat, desto mehr merkte ich, dass sie mir wirklich nichts Böses wollten. Klar, irgendwo hing das wohl auch mit der Größe - zumindest von zwei der drei - Hunde ab. Denn die waren wirklich kaum viel größer als ich. Als ich dann anfing, mich immer wohler zu fühlen, kam dann auch mein Spieltrieb durch und da könnt Ihr Euch sicherlich meine Überraschung vorstellen, als dann einer der kleinen Hunde - sein Name war offenbar Coffee - mit mir spielen wollte.

Naja, dazu ließ ich mich dann auch nicht zweimal bitten und eh ich mich selber versah (obwohl gerade mal ein paar Wochen vergangen waren) hatte ich nicht nur keine Angst mehr vor diesen Hunden, sondern ich spielte sogar mit ihnen. Ich denke, richtig wohl fühlte ich mich dann, als ich das erste Mal an Coffee gekuschelt einschlief. In diesem Moment wusste ich, hier gehöre ich hin, hier geht es mir gut. Mittlerweile hatte ich schon so oft die Menschen um mich herum schmunzeln, lächeln und fröhlich gesehen, so dass ich wusste, ich war eine von den glücklichen Katzen, die jetzt auch hier waren, um Menschen glücklich zu machen.

Das war, wie gesagt, meiner Familie viele Jahre lang so nicht mehr gelungen. Ihre Aufgabe war es nun, die Menschen insgesamt auf Missstände aufmerksam zu machen. Je mehr von uns fast verhungerten Katzen auf den Straßen rumlaufen, desto eher muss der Mensch doch einsehen, dass das, was er da macht, nämlich Katzen ohne wirkliche, natürliche Feinde auszusetzen, ohne sie zu kastrieren, keine Handlung der Liebe ist, kein Akt des Herzens. Dies ändert sich aber zum Glück immer mehr. Zum Wohle meiner Gattung füttern immer mehr Menschen uns Katzen, fangen uns ein und lassen uns kastrieren, so dass wir keine Babys mehr zeugen können.

Apropos mehr Babys. Ich war gerade selber aus der Babyphase heraus, da kam Vicky eines Abends mit einem ganz kleinen, niedlichen schwarzen Päckchen ins Haus. Es war ein kleiner Kater, der draußen ganz jämmerlich miaut hatte. Vicky hatte einen Tag zuvor eine schwarze Katze auf der Straße gesehen, welche leider überfahren worden war, und vermutete nun, dass dieser kleine Kater ein Baby dieser Katze war. Aber dieses Erlebnis soll Euch Balu lieber selber erzählen.

Kapitel 23

Ich war zwar gerade erst ein paar Wochen alt, konnte meiner Mama aber schon überall hin folgen, da kam so ein großes, rollendes Ungetüm. Ihr Menschen nennt diese Dinger wohl „Auto" und sitzt ganz oft darin. Da diese Autos aber immer unterschiedlich schnell unterwegs sind, war es für meine Mama schwer einschätzbar, wie schnell das ankommende Auto tatsächlich war. Ich hatte das alles gar nicht so mitbekommen. Gerade beobachtete ich ein paar Ameisen auf der Straße, da hörte ich einen Knall und als ich aufsah, lag meine Mama am Straßenrand. Ich rannte schnell zu ihr hin. Sie sah mich an und sagte zu mir, ich solle zu einem der Häuser gehen, wo ich andere Tiere riechen könne, und solle dort so laut ich kann miauen. Sie meinte, diese Menschen würden auf ihr Herz hören und sich dann um mich kümmern. Ich wollte meine Mama aber nicht alleine lassen und legte mich zu ihr. Sie bettelte mich an zu gehen, und irgendwann schlief sie dann ein. Ich lag noch lange bei ihr, aber sie wachte nicht mehr auf.

Als der Hunger zu groß wurde, erinnerte ich mich an die Worte meiner Mama. Leider wurde es schon dunkel. Bis ich endlich ein Haus mit Tiergerüchen fand, verging nochmal ein bisschen Zeit. Ich schaffte es dann irgendwie, auf ein paar Holzpfosten zu klettern. Dort saß ich und miaute so laut ich noch konnte. Da ich schon sehr hungrig und müde war, war das Miauen leider nicht mehr sehr laut. Aber ich hatte Glück. Irgendwann kam eine Frau mit drei Hunden vor die Tür. Erst erschrak ich mich vor den Hunden, sie machten mir irgendwie Angst, aber nachdem sie einfach im Garten herum liefen, erinnerte ich wieder daran, dass ich mich ja aufmerksam machen wollte. Das gelang mir dann auch zum Glück mit meinem kläglichen Miauen. Vicky drehte sich zu mir um. Ich schloss meine Augen, gab ein letztes, klägliches „Miau“ von mir und plötzlich hoben mich Vickys Hände hoch zu ihr. Endlich fühlte ich mich wieder wohl! Ich schmieg-

te mich in ihre Hände und genoss die Wärme und Zuneigung, die sofort zu spüren war.
Vor lauter Angst, so ganz alleine ohne meine Mami, und ich wollte ja auch ein braver Junge sein und genau das machen, was mir Mami noch zuletzt gesagt hatte, hatte ich gar nicht gemerkt, wie sehr sie mir doch eigentlich fehlte. Aber jetzt wusste ich, ich hatte genau das gemacht, was Mami mir gesagt hatte, und sie hatte Recht. Diese Menschen hier liebten Tiere und kümmerten sich sofort um mich. Im Haus bekam ich eine kleine Schüssel mit warmer Milch, an der ich mich erst einmal satt trank. Danach gab es noch ganz viele Streicheleinheiten. Als es immer ruhiger im Haus wurde, legten sie mich auf ein ganz warmes, kuschliges Kissen, auf dem ich dann zufrieden einschlief.

Am nächsten Tag entdeckte ich zwei andere Katzen im Haus: Eine schon etwas ältere, sehr schöne. Es stellte sich heraus, dass es ein Kater wie ich war, der Amadeus heißt, und dann noch eine kleine, zierliche Katze, die von Anfang an ganz lieb zu mir war. Sie heißt Rosalie und hatte anscheinend auch ihre Mama als Baby verloren. Das bedeutete, sie kümmerte sich von nun an ganz lieb um mich. Sie putzte mich, spielte mit mir und ich durfte mich zum Schlafen ganz eng an sie kuscheln. Die Hunde hier im Haus fand ich auch alle ganz toll, denn sie bellten mich gar nicht so an, wie die Hunde das draußen immer mit meiner

Mama und mir gemacht hatten. Deshalb hatte ich vor ihnen auch gar keine Angst. Wahrscheinlich half es natürlich auch, dass Rosalie und Amadeus keine Angst vor ihnen hatten. Ganz im Gegenteil. Amadeus schmiegte sich immer ganz liebevoll an die große Hündin namens Nelly. Manchmal kuschelte er sich auch an Nelly und, nachdem ich ja immer so neugierig bin, hab' ich das dann auch mal versucht. Ich muss schon sagen, das hat was! Sie ist als Unterlage wirklich sehr bequem! So groß und flauschig. Man hört ihren Herzschlag und spürt ihren Atem. Das kann schon mal ein Ersatz für den Schoß der Menschen sein, wenn die mal gerade keine Zeit zum Schmusen haben.

Ich muss zugeben: mittlerweile habe ich doch noch meinen Frieden mit diesen Autos gemacht. Lange Zeit war ich ja schon böse auf diese Dinger, war es doch eines von ihnen, das mir meine Mama weggenommen hat. Aber nachdem meine Menschen auch immer ganz viel mit einem Auto unterwegs sind, wollte ich das schon auch mal kennenlernen, zumal ich ja nicht so gerne alleine bin. Im Auto bin ich wenigstens bei meinen Menschen. Erst schlich ich immer wieder um das Auto, wann immer meine Menschen zum Auto gingen. Aber leider passten sie immer sehr gut auf und ließen mich nicht mit einsteigen. Egal, wie ich es auch anstellte. Dann, plötzlich eines Tages - sie hatten schon den ganzen Tag an dem Auto herumgebastelt und zig Koffer eingeladen - hoben sie mich in einen Käfig und brachten mich auch ins Auto. Das war vielleicht aufregend! Allein die Gerüche in diesem Auto waren schon sehr interessant, aber das Gefühl, wenn sich das Auto bewegte, und die Aussicht, die man dabei hatte, das war schon wirklich ein Erlebnis. Ich war ja nicht der Einzige im Auto. Neben unseren Menschen waren da auch Amadeus, Rosalie, Nelly, Flora und Coffee mit dabei. Alle fragten wir uns, wo wohl die Reise hin ging. Nelly war am coolsten. Sie legte sich sofort hin und fing an zu schlafen. Flora und Coffee machten es ähnlich. War ja auch klar. Die durften ja auch viel öfter im Auto mitfahren. Amadeus wirkte ebenfalls ziemlich locker und schlief auch schon sehr bald ein. Nur für Rosalie und mich war das alles neu und aufregend. Ich sah zum Fenster raus und konnte so schnell gar nicht schauen, wie die Dinge an mir vorbeiflogen. Nach einer Weile wurde es aber dann doch auch langweiliger und mir fielen immer wieder meine Augen zu.

Irgendwann dann hielt das Auto an. Alle Menschen fingen an, die Taschen mit aus dem Auto zu nehmen. Bei den Taschen waren natürlich auch unsere Käfige mit dabei und unsere Menschen trugen uns Katzen in ein uns fremdes Haus. Die Hunde schienen das hier alles schon zu kennen. Sie durften nicht nur frei herum laufen, sondern wirkten auch gar nicht aufgeregt.

Glücklich, dass die Fahrt vorüber war, waren wir ja, aber nicht nervös. Das konnte man über uns Katzen jetzt nicht wirklich sagen. Rosalie war mir da keine Hilfe, dafür aber Amadeus. Der strahlte eine ziemliche Ruhe aus und nachdem es in dem Haus auch nach unseren Menschen roch, orientierte ich mich lieber an Amadeus und fing auch gleich an, das Haus zu erkunden.

Schön war es hier. Groß und alles offen. Amadeus setzte sich schon bald auf ein Fensterbrett, sah erst eine Zeitlang den Menschen zu, wie sie die Pferde aus dem Anhänger führten, und den Hunden, wie die glücklich draußen herumtollten. Dann fingen sie an sich zu putzen. Ich fand das eine klasse Idee und machte das Gleiche. Als Julia schließlich ins Haus kam, sprang Amadeus ihr vor die Füße und streifte ihr miauenden um die Beine. Julia Begriff sofort, was das bedeutete. Er wollte raus. Nachdem Amadeus diese Reiserei schon kannte, wusste auch Julia, dass es okay sein würde ihn raus zu lassen.

So mutig war ich dann doch noch nicht. Und nachdem mittlerweile Rosalie auch anfing sich zu entspannen, kuschelte ich mich an sie und wir beide schliefen erst einmal eine Runde, ohne dass unser Käfig ständig in dem rollenden Auto schwankte. Das war auch nicht schlecht. Wenn ich dann an Rosalie gekuschelt immer so daliege, merke ich wieder, was für ein Glück ich doch hatte, bei einer Familie gelandet zu sein, die mich so lieb aufgenommen hat. Ich weiß genau, was aus mir kleinem Mann geworden wäre ohne meine Mama, wären die Menschen nicht gewesen.

Kapitel 24

So, jetzt hoffe ich, dass Euch gefallen hat, was Coco, Carino, Vicky, Rosalie und Balu zu erzählen hatten. Mir hat es gefallen. Als ich noch ein kleiner Welpe war und gerade zu meiner Julia kam, fragte Julia ihre Mama damals, warum sie sich eigentlich einen Rassehund gekauft und keinen Streuner von der Straße aufgenommen haben. Vicky erklärte Julia dann, dass man bei einem Rassehund eher davon ausgehen kann, dass dieser so gezüchtet wurde, um länger gesund zu bleiben, da ein verantwortungsvoller Züchter seine Zucht nach gesundheitlichen Kriterien führen sollte, so, wie verschiedene Rassen verschiede Charakterzüge aufweisen. Bei einem Streuner weiß man oftmals nicht, was alles für Rassen in dem Hund zu finden sind und welche Merkmale sich hauptsächlich durchsetzen. Und nachdem Julia eben noch ein Kind war, wollte Vicky nicht riskieren, dass es da eventuell mal zu einer bösen Überraschung kommt, wenn man sich für den falschen Streuner entscheidet. Allerdings, so merkte Vicky sofort an, gibt es zum Glück auch viele Menschen, die z.B. keine kleinen Kinder haben und die deshalb offener mit der Rasse ihres neuen Lieblings sein können. Das bedeutet, dass dann auch die Streunerwelpen oder sogar die älteren Hunde immer wieder mal Glück haben und in eine Familie aufgenommen werden. Dadurch, dass hier in Süditalien ja schon viel Aufklärungsarbeit geleistet wurde, die Tiere immer wieder eingesammelt und kastriert werden und die Menschen die gefundenen Welpen aufnehmen, ist es hier wohl nicht mehr so schlimm, wie es einmal war. Wenn wir zu den Pferden fahren, dann sehe ich schon ab und zu mal einen Streuner, aber viele sind das zum Glück wirklich nicht mehr. Offenbar seid Ihr Menschen doch schon auch in Italien auf einem guten Weg, immer mehr auf Eure Herzstimme zu hören, weshalb die Kopfstimme immer mehr in den Hintergrund tritt.

Wenn ich so mein Leben hier betrachte, muss ich schon sagen, ich habe es auf dieser Erde schon sehr gut getroffen. Ich liebe meine Familie über alles und ich bin fest davon überzeugt, dass sie uns auch alle sehr lieben. Wir Hunde zeigen ihnen das, indem wir sie ablecken. Da sind sie uns dann nicht nur nah, sondern wir fühlen sie. Die Katzen streichen ihnen immer um die Füße und gelegentlich werden sie auch abgeschleckt. Das Ablecken ist unser größter Liebesbeweis. Man merkt auch, dass wir da die Sinne der Herzstimme bei ihnen berühren. Lieb haben geht ja auch nur über die Herzstimme, die Kopfstimme kennt das nicht. Die Kopfstimme sagt ihnen, dass das unhygienisch ist, und sie davon krank werden können, doch wenn man uns wirklich liebt, hören Sie nicht auf diese Kopfstimme. Wir machen das ja auch nur mit den Menschen, die wir wirklich lieb haben. Die Menschen machen es doch genauso untereinander. Warum ist es da nicht unhygienisch? Und krank werden können sie davon doch auch. Aber wenn sie sich wirklich über alles lieben, machen sie es halt trotzdem. Verlieben geht halt nur über das Herz. Da lässt man die Kopfstimme einfach nicht zu Wort kommen. Was für ein Glück! Man kommt doch immer wieder zu der Erkenntnis, dass die Herzstimme die bessere ist. Zumindest was uns Tiere betrifft, denn wir sind halt nun mal um ein Vielfaches mehr herzgesteuert.

Mit Liebe würde so vieles auf dieser Erde anders laufen. Für die Liebe ist man bereit, Kompromisse einzugehen. Man steckt für sie einiges ein und lässt sich mehr gefallen, als man ohne Liebe bereit wäre. Bei uns Tieren kann man das auch immer wieder sehen. Wir lieben unsere Familien und sind bereit, uns für sie in der Hierarchie ganz hinten anzustellen. Als Rüde ist man es gewöhnt, die Leitfigur zu sein. Wenn es aber unsere Familie anders will und wir sie wirklich lieben, geben wir nach.

Nur Menschen, die keine Tiere lieben, können zu ihnen grausam sein. Ein liebender Mensch ist glücklich und ein glücklicher Mensch ist nicht böse, sondern gut. Wenn Menschen nicht lieben können, sind sie zu stark kopfgesteuert. Damit sind wir wieder bei der Kopfstimme und der Herzstimme. Wären sie ausgeglichen, würde es diese Grausamkeiten nicht geben. Wie kann man den Menschen dazu bringen, ein Gleichgewicht ihrer beiden inneren Stimmen zu bekommen?

Ich bin ja nur ein kleiner Hund und nicht der liebe Gott, aber genau ich wurde dazu auserkoren, mir darüber Gedanken zu machen. In unserer jetzigen Zeit scheint sich ein Wandel abzuzeichnen. Scheinbar nehmen die Menschen die Herzstimme immer mehr wahr und reagieren auf diese Stimme mehr als bisher. Vielleicht schaffen sie es ja, dass sie beide Stimmen zu 50 Prozent benützen. Wir Tiere benützen ja weitaus mehr als die Hälfte unsere Herzstimme. Doch ich sehe ein, dass der Mensch auch seine Kopfstimme verwenden muss, denn er hat es ja auf dieser Welt lange nicht so schön wie wir Tiere. Er muss viel mehr kämpfen, was ja schon im Babyalter anfängt, wie ich ja ganz am Anfang dieses Buches erwähnte. Mensch und Tier haben auf dieser Erde unterschiedliche Aufgaben zu erfüllen, aber sie brauchen sich gegenseitig, um ihr volles Potenzial ausschöpfen zu können. Wir Tiere haben nicht die Möglichkeit der Wahl, also wie wir die Kopfstimme und die Herzstimme einsetzen. Wir haben einfach nicht mehr Kopfstimme zur Verfügung. Daher haben wir es wesentlich einfacher als Ihr Menschen. Die Kopfstimme kann sehr grausam sein und viele Menschen haben es bisher gar nicht gemerkt, wie schlimm sie sein können, wenn sie ihre Herzstimme ignorieren. Manche Menschen sind ja nicht nur grausam zu uns Tieren, sondern auch zu anderen Menschen. Die ganze Erde leidet darunter. Durch die Kriege zerstören sie alles, auch das, was sie vorher geschaffen haben. Sie bringen sich gegenseitig um und das nur, weil sie ihrer Kopfstimme gehorchen, und die kann man von außen so leicht manipulieren. Die Herzstimme lässt das nicht zu, denn die handelt noch mit dem Gefühl. Sie nennen die Kopfstimme „Verstand", weil der zu lernen in der Lage ist. Doch wenn es um Kriege geht, scheint der Mensch nichts dazu gelernt zu haben.

Wir keilen uns ja auch mal mit einem anderen Hund, aber ich zum Beispiel habe daraus gelernt. Als mich vor kurzen ein ziemlich großer Hund in mein Bein gebissen hat - Gottseidank ist er hinter einem Zaun gestanden und hat mich daher nicht richtig erwischt - wusste ich, was Sache ist. Seit diesem Augenblick gehe ich demonstrativ auf die andere Seite wenn ich ihn sehe und tue so, als ob es ihn überhaupt nicht gibt. Da kann er noch so viel bellen, das interessiert mich nicht mehr. Also, wie Ihr seht, können sogar wir „dummen Hunde" aus Fehlern lernen.

Hoffen wir, dass die Menschen immer mehr aus ihren Fehlern lernen und diese Erde für uns alle ein besserer Planet wird. Wenn Herz- und Kopfstimme richtig angewendet werden, sind die Voraussetzungen dafür geschaffen.

DANKSAGUNGEN

An diesem Buch haben zahlreiche Freunde und Verwandte mitgearbeitet. Besonders möchten wir uns beim Pravda-Verlag für die Genehmigung bedanken, Auszüge aus einem dort veröffentlichten Artikel übernehmen zu dürfen. Des Weiteren gilt unser Dank unseren Ehemännern Joachim und Holger für ihre Unterstützung zur druckreifen Fertigstellung des Manuskripts und bei Sigrid Schumacher für eine weitere Korrekturlesung. Für die Bilderbeschaffung danken wir Anna, Daniella und Julia.

Alle im AAVAA Verlag erschienenen Bücher sind
in den Formaten Taschenbuch und
Taschenbuch mit extra großer Schrift
sowie als eBook erhältlich.

Bestellen Sie bequem und deutschlandweit
versandkostenfrei über unsere Website:

www.aavaa.de

Wir freuen uns auf Ihren Besuch und informieren Sie gern
über unser ständig wachsendes Sortiment.

Herzschlag
Karolina Kupka
AAVAA
VERLAG

Der Hund
im Spiegel
Roman
Tom Asik
AAVAA

Behind The Rainbow
Himmelskatzen erzählen
Annelie Durth
AAVAA
Gold Edition